林兆泰 著

初唐演義

（增訂版）

商務印書館

初唐演義（增訂版）

作　　者：林兆泰

責任編輯：黃振威　林雪伶

封面設計：涂　慧

出　　版：商務印書館 (香港) 有限公司

香港筲箕灣耀興道 3 號東滙廣場 8 樓

http://www.commercialpress.com.hk

發　　行：香港聯合書刊物流有限公司

香港新界荃灣德士古道 220−248 號荃灣工業中心 16 樓

印　　刷：美雅印刷製本有限公司

九龍觀塘榮業街 6 號海濱工業大廈 4 樓 A 室

版　　次：2023 年 1 月第 1 版第 1 次印刷

© 2023 商務印書館 (香港) 有限公司

ISBN 978 962 07 4658 1

Printed in Hong Kong

目錄

想少年時代，已愛閱讀。除課本外，看閒書更多。如今回顧少年時，讀課外閒書得到知識智慧的啟發，比課堂內課本不遑多讓。多讀閒書，使我是夙慧早熟，早早知道成年的世界。這些閒書包括武俠小說和《三國演義》。中二那一年，很有計劃和耐性的讀《三國演義》，每天晚飯後略作休息便看十多頁，看看想想內文，十分享受。前後看了差不多一學年。當時見到了成人世界的不同個性、不同本領、不同計謀。有忠勇善良，也有詭詐奸險，一一連番不停地在紙張上跳躍，實是最佳娛樂。中三開始看《女飛俠黃鶯》，是現代版的武俠小說。黃鶯身手敏捷，武功高強，所有男子都不是她的敵手。她處身在當時十里洋場的上海，是弱肉強食的社會。小說內容除鋤強扶弱外，還反映當時民風心態。

兄長稍後借來文藝雜誌《人人文學》和李金髮編的《文壇》。讀高中開始看愛情小說，讀得最多的是徐速和徐訏的作品。徐速的《星星月亮太陽》是我看的第一本愛情小說，看得很投入，希望長大後也能認識到心中的星星、月亮或太陽。少年無知真可愛！徐訏的愛情小說讀得更多，有《風蕭蕭》、《人鬼戀》等等。看了幾本，悟到徐訏的手法，最後情人不是生離便是死別，真沒趣，不看了。

　　看閒書原是興趣使然。昔日的課外讀物除金庸小說及《三國演義》外，其他都已印象模糊。日前，朋友說林兆泰先生正撰寫演義小說，不禁有些好奇，因許久沒有人寫歷史朝代小說了。承蒙他讓我看到初稿，倍感痛快。人家說中國歷來人才最多的是三國時代，但隋末唐初何嘗不是人才輩出？光是唐太宗李世民手下，便猛將如雲，謀臣如雨。斯時中原板蕩，英雄並起，各各逐鹿中原，看誰本領高！能領導羣雄爭天下

者，雖然不乏失敗失勢之徒，但都有個人長處和獨到的魅力。林兆泰先生選擇這個題材下筆，精彩可見。

許多人都忽略了《三國演義》是小說，《三國志》才是歷史。小說和歷史的分別是：歷史要忠於史實，小說則只是借歷史人物和背景來創作，不能目為真。林兆泰的《初唐演義》是歷史小說，個人認為頗有文學價值。對讀者而言，認識一下唐代英雄豪傑，痛痛快快，有何不好？

讀完《初唐演義》，再翻書讀唐代歷史，也是一種功德。謹以拙文，祝頌林兆泰先生的《初唐演義》洛陽紙貴，愛書人人手一本。

楊興安辛丑冬日謹誌

王澍世序

我在滙豐銀行認識兆泰兄，至今近四十年。當年認識他不深，只知他很活躍，籃球、網球、乒乓球都是能手。卻不知他對中國文學和歷史也頗有修養，能寫文章，甚至吟詩作對，也頗有造詣。我們當年不算深交，加上我經常調換崗位，而且多次外派，與兆泰兄不常相聚。直至我從滙豐銀行退休，我們反而有更多接觸機會。言談中逐漸看出他肚內有墨水，而且熟讀中國歷史。同時我發現他寫得一手好字，令人羨慕。

前幾年，我不再「坐班」，不再受上下班時間所限，日子大為輕鬆，開始寫些文字，找出版社印行。主要目的有二：一是想把自己所知所學存檔，以為留念；二是想與人共享我過去經驗，希望讀者不走冤枉路。

與兆泰兄閒談間，知道他有興趣寫作，為之振奮

不已，特意鼓勵他早日下筆。

　　沒想到，他文思如泉湧，下筆如有神，不消多久，便已成帙，而且文筆流暢，把故事說成傳統「說書」那樣。不僅有板有眼，而且曲折迴轉，引人入勝。驚歎兆泰兄過去深藏不露，不知其文采非凡，讓人佩服。

　　我讀歷史，經常囫圇吞棗，知道就算，所謂知其一，而不知其二。但是兆泰兄把故事細化，添加枝葉，讀來饒有味道，值得推薦。我過去幾年，出版了好幾本書，都是商務為主，實在有點沉悶。如今見到這本書，清新可喜，趣味性和真實性兼備，實屬難得。

　　特以為序，鄭重推介。

王澎世

岑文禎序

　　與兆泰兄自幼相交，凡六十餘載，雖非總角，卻是同窗。大兄才華器宇，文名早傳我輩，我讀書讀律，竊愧無成，自北自南，徒勞何補？能與大兄相交，乘車戴笠，成立雪坐風之侶，不亦幸乎！今大兄執生花之筆，撰寫《初唐演義》，文章涵孝悌之言、儒家大義，緊貼前賢。書中所述，使讀者再窺唐人之能重啟盛世之門，創功立業，充分表彰名主英雄行事，濟世為懷，不以一己之私，貽誤蒼生！

　　大兄不吝，賞我在付梓之前，得親書澤，不亦樂乎！敢不以所知所聞，效野人之獻曝，與讀者分享歟？

　　觀乎坊間一般「演義」之成書，每多抄襲前人，東拉西扯，夾雜成書，難溢新意。然大兄匠心獨運，文筆生花，承先啟後，宏觀處大開大合，細膩處淋漓盡

致！初揭李靖雄心銳志，有一闖天下、立國開疆之念，繼而接受神人點化，改以良禽擇主而侍，追尋有德賢主附之，一切以安定江山、澤福黎民為己任。最後奉真主李世民馬首是瞻，與長孫無忌、魏徵、房玄齡等名臣，秦瓊、尉遲恭、程咬金等名將奠定大唐江山，開拓後無以繼之盛世。《初唐演義》起承轉合，文鋒凌厲，節奏有致，值得拜讀。

岑文禎謹識
2022年1月12日

楔子

　　話說天下大勢，分久必合，合久必分。

　　回看歷史，春秋戰國，七雄並起，為秦統一。秦後為劉邦所滅，始得四百多年的漢朝一代。三國之後，司馬氏建立晉朝，豈知惹來五胡亂華，然後是兵禍連年二百載的南北朝。及至楊堅統一天下而建立隋朝，但始終亦如秦朝一樣短壽，未幾便為唐朝所取代。歷史始終不斷輪迴，五代十國之亂局，又為黃袍加身的趙匡胤一統。宋、元、明、清之後，及至中華民國成立，又經歷了三十多年的軍閥割據。直至中華人民共和國成立，幾經艱辛，始有今日之盛世。

「真人之興，非英雄所冀，況非英雄者乎！」虬髯客一見李世民褐裘而來，已知誰是真命天子。協助李世民立國者，除父親李淵外，文有李靖、魏徵，武則有秦叔寶、尉遲敬德、程咬金等。

自李唐以來，世人供奉之門神，左是秦叔寶（秦瓊），右是尉遲敬德（尉遲恭）。何解兩員大將，變作門神？原來《西遊記》是有記載的。

話說唐初，涇河老龍王和算命先生打賭。龍王濫用權力，觸犯天條，定當在翌日午時候斬。

玉帝於是委派唐朝宰相魏徵監斬。老龍王立即求情唐太宗李世民，叫他設法拖延時間，逃過午時斬首這一刼，日後定當委身以報。魏徵是李世民下屬，自是容易辦妥，於是滿口答應。

第二天，李世民一早留住魏徵下棋。魏徵太倦，在席間瞌睡。午時將過，誰知魏徵靈魂出竅，夢斬龍王。

龍王陰魂不散，每晚都來找李世民悔氣，弄得他

無法入睡。問教羣臣。秦叔寶提議他和尉遲敬德，每夜守在門口保駕。唐太宗始得安睡。但人總要休息，太宗想到一法。着畫匠畫他兩人戎裝面貌，貼於門上。原來此法亦能奏效。就這樣，兩位大將無端便成為門神，流芳後世。◎

第一回

龍母贈書

李靖

卻說隋高祖楊堅，因夢洪水淹城，又夢見城上有樹，樹上有果。樹乃木，果乃子。正合李字。日後恐姓李的必不利國家，因此斬了姓李有水的老臣李渾及其幼子李洪。

隋帝疑心而殺二李，早驚動了一個姓李的人。此人姓李名靖，字藥師，雍州三原人氏。足智多謀，文韜武略，弓馬精嫻。幼喪父母，育於舅家。其舅韓擒虎亦隋朝大將，常與他談論兵法，盛讚深得其術。時方弱冠，心懷大志。聞知隋主認為將來得天下者，必是姓李之人。偶或想到自己！

一日經過西岳華山大王廟，聞說甚為靈驗，遂具香炷瞻拜。暗祝道：「我李靖若有天子之份，乞賜一聖珓。」（擲兩個杯子，一正一反為聖珓。）將珓擲出，兩個正立於地。再擲，依然正立。李靖擊桌而歎曰：「我李靖若無非常之福，天生我身，亦復何用！」

是夜，李靖宿於旅舍，夢一神人，手持黃紙對李靖

道：「我乃西岳判官，奉大王之命，予你一紙，你一生之事都在紙上。」李靖展讀：

南國休嗟流落，西方自得奇逢。

紅絲繫足有人同，越南府一時跨鳳。

道地須尋金卯，成家全賴長弓。

一盤棋局識真龍，好把堯天日捧！

李靖看了一遍，牢牢記在心中。

判官道：「凡事各有天命，不可強求。待時而動，擇主而事，不愁富貴也。」言訖不見。

自此李靖息了圖王之心，安心待時。一日，訪友於渭南，乘着閒暇，郊遊射獵。時值夏初，卻因久旱，土地龜裂，耕種甚為吃力。忽見山邊走出一兔，李靖縱馬發箭。兔中箭奔走，李靖只顧追趕，不知走了多路，兔兒卻仍未見。只得垂鞭信馬而行，眼看紅日西

沉，李靖心道：「日暮途歧，何處歇宿？」舉目四望，遙見高樓，遂策馬前往。

到得高樓，其時入夜，李靖下馬叩門。一老丈出，問來者何人。李靖道：「日暮迷路，求借一宿。」

老丈道：「只有老夫人在宅，容我先入內稟告。」

少頃，內傳呼喚：「老夫人請客人登堂相見。」

李靖整衣而入，見那老夫人年五十餘，舉止端雅。李靖鞠躬晉謁。老夫人從容答禮：「請問尊客姓氏，因何至此？」李靖通報姓名，具述射獵迷路，冒昧投宿之意，並問此宅是何家府第。

老夫人道：「此乃龍氏別院。郎君迷路來投，若不相留，昏夜安往？暫屈尊駕，勿嫌褻慢。」並囑婢僕帶李靖前往臥所。

約二更時候，忽聞門外宣傳：「行雨天符到，老夫人接符。」李靖駭然，正疑惑間，外傳老夫人有事求見。

李靖忙到堂上，老夫人斂衽而言道：「郎君休驚。

8

此處實乃龍宮，老身是龍母。我兩兒乃管行雨之責，適奉天符，限令今夜三更行雨，黎明而止。怎奈兩兒送妹遠嫁，一時傳呼不及。郎君貴人，敢屈台駕，暫代行雨。事竣之後，當奉薄酬，盼勿見拒。」

李靖本是少年英銳，豪氣過人。聞得此言，躍躍欲試，但道：「我乃凡人，如何能代龍行雨？」

老夫人道：「君若代行，自有行雨之法。門外已備龍駒，郎君乘之，任其騰空而起。馬鞍上繫一小瓶，瓶中注滿清水，此乃水母。郎君但遇龍駒跳躍之處，取水一滴，滴於馬鬃之上。不可多亦不可少。此乃行雨之法。牢記勿誤！雨行既畢，龍駒自回，不用顧慮。」

李靖領諾，隨即出門策馬。馬極神駿，騰空而起，御風而馳。霎時間，雷電交加，起於馬足之下。李靖全不畏懼，依夫人言語，凡馬躍處，即取水一滴置於馬鬃之上。也不知滴過多少處。李靖恰待取水，卻從

曙光中望見昨日經過的枯土，土地龜裂，心想這一滴水能濟甚事？今行雨之權在我，何不廣施恩澤？於是一連散下二十餘滴。

少頃事竣，那馬從空而下，及至門前，李靖下馬入門，見老夫人愁容滿面，對李靖怨屈地說道：「郎何誤我！此一滴水，乃人間一尺雨也。何解連下二十餘滴？今此地水高二丈，田舍淹沒，人畜遭殃。老身已遭玉帝責罰矣！」

李靖聞言大驚，一時羞愧無言。老夫人隨道：「此亦天數，焉敢相怨！有勞尊客，仍須奉酬。」

遂於袖中取書一本，付與李靖道：「熟讀此書，可臨敵制勝，輔主功成。郎君珍重。」言畢騰空而起，倏忽消失於雲際。

李靖自得此書後，兵法愈精，不在話下。◎

第二回

風塵三俠

隋文帝楊堅

卻說越公楊素，受隋文帝寵幸已極。一日與眾姬妾道：「念妳們服侍辛勞，恐誤妳們青春。如有願去擇配者立左，願留下者立右。」

眾女子見說，如開籠放鳥，蜂擁出來。倒有大半立左。獨有二人仍未選定，一個捧劍美人，乃陳朝公主。另一個是執拂紅衣美人。

越公向她二人說道：「妳二人或去或留，該有定處。」

捧劍的涕泣不語。執拂的道：「老爺恩重，着婢子擇配，實乃千古快事。但婢子在府，享受豪華，怎肯出去盲目擇配而誤終身。況婢子不但無家，更視天下並無能人矣！」越公聽了，點頭稱善。

時光荏苒，適值越公壽誕。天下文武官員，無不齎禮上表稱賀。其時李靖恰在長安，聞越公壽誕，遞上拜帖，欲上謁獻策。越公府門未開，但見有一大漢，虎背熊腰，儀表不凡，立於門前。李靖趨前

14

垂詢：「兄台是哪裏人？」

　　那人道：「弟姓秦名瓊。」

　　李靖道：「啊，原來是歷城叔寶兄，久仰。」

　　叔寶道：「敢問兄長何人？」

　　李靖道：「弟是三原李靖。」

　　叔寶道：「啊，原來是藥師兄，久仰久仰。」兩人重新敍禮，各問來由。敍話正濃，忽報內傳越王有旨相見三原李靖。李靖急辭叔寶，盼日後再行相會。

　　李靖入見越公，見楊素側臥胡牀，妃嬪羣列侍候。李靖昂然向前揖道：「天下方亂，英雄並起，公為重臣，當以收羅豪傑之心，不宜踞見賓客。」

　　越公與靖略談數語，便知靖非池中物，欲納為己用，留為記室。時有執拂紅衣美人，注目李靖多時。敍畢，越公命執拂美人送靖出府，並命官吏問靖寓所何處。

　　執拂美人得官吏回覆，尋思道：「我張出塵在府

中，閱人多矣，未有如李靖者也！他日功名，斷不在越公之下。若此人我不以為配，恐此後更難定偶。」

遂易服越府官吏，封箱鎖籠，寫上稟帖，交代清楚。提一燈籠，大模大樣，走出府門，逕往李靖寓所。

其時李靖正閱讀龍母所贈之書，聽見敲門，忙開門一看。見是越府官吏，忙問道：「足下來此何事？」

張氏道：「敝主見先生英偉雄奇，思天下佳婿，莫如先生者，故傳旨與弟，選為東牀，未知尊意如何？」

李靖道：「富貴人所自爭，姻緣亦非在逆旅討論。煩兄為我婉辭。」

正理論間，只見隔壁一人，推門而入問道：「哪位是藥師兄？」

李靖隨口應道：「小弟便是。」

張氏看了那人一眼，忙拱手道：「尊兄貴姓？」

那人道：「我姓張。」

張氏道：「弟亦姓張，如嫌不棄，願結為昆仲。」

那人聽了，仔細一望，哈哈大笑道：「甚好，你與我結為弟兄甚妙。」

　　李靖方道：「張兄尊字？」

　　那人道：「我字仲堅。」

　　李靖趨前執手道：「莫非虬髯公乎？」

　　那人道：「正是。我剛才下寓隔壁，聽你們談論，知是藥兄，故此走來。前言我已知悉。但此位賢弟，並非為越公覓婿。我細詳張賢弟心事，待我明言，不如我作紅娘，為兩位穿針引線，結為夫婦，何如？」

　　張氏道：「我的行藏，既被張兄識破，便不隱瞞了。」

　　即除烏紗，卸去官服，便道：「妾乃府中女子，因見李爺眉宇不凡，願託終身。不以自薦為愧，故乘夜來奔。」

　　虬髯客大笑稱快。李靖道：「莫非就是日間執拂紅衣之人乎？既卿有此美意，何不早言？」

紅拂道：「郎君法眼不精。若我張兄，早已認出。」

虬髯客笑道：「爾夫婦均非等閒之輩，快拜謝天地！待我取酒餚來，權當花燭，暢飲三杯，何如？」兩人欣然拜謝天地，結為夫婦。

紅拂復衣官服，戴上烏紗。李靖道：「卿為何還要這等裝束？」

紅拂道：「來時官服，去時婦人，添人懷疑，或許不妥。」

李靖暗忖：「好一個精細女子。」

虬髯客吩咐手下，送上酒餚。酒過三巡，紅拂道：「大哥，你陪義兄暢飲，我出去一刻便回。」

未幾，只聽得門外馬嘶聲響，紅拂回來說道：「妾逢李郎，終身有託。剛出外討了三匹馬，吃完酒後，大家收拾上馬，以遊太原。」三人酒後揚長而去。

越公翌日不見張氏進來伺候，差人查看，回道：「房門封鎖，人影不見。」越公猛然醒覺：「此女必歸李

靖矣！」叫人開了房門，室內衣飾細軟，原封不動，來去明白，並留稟帖於案。

越公取看，上書曰：「越府紅拂待兒叩首稟：妾以蒲柳之身，得傍華桐，實乃三生之幸！所謂弱草附蘭，綺蘿託木，聊見英雄，朗然隨去，非兒女私奔之態。妾百拜謹上。」

越公閱罷，心中了然，又知李靖是個人物，吩咐下人不得張揚，勿提此事。◎

第三回

見龍在淵

李淵

話説李淵收到道本，派他做太原郡守，便似得了大赦一樣。茲因主上多疑，要殺盡姓李的人。遂辭別朝廷及親故，帶同夫人、千金小姐，與長子建成及家丁，乘轎策馬前往太原。

　　離京二十餘里，忽見一山崗，簇擁着樹林，頗為險惡。李淵指示建成先行探路。李淵等來到樹林，忽然一聲吶喊，衝出一隊強人，頭纏白布，粉墨塗臉，手持刀槍，喝道：「留下買路錢！」

　　李淵心想，這裏與京城近在咫尺，焉有強盜？好個李淵，即除冠帽，脫去行衣，左插弓，右帶箭，手持方天畫戟，帶領家丁直衝過去。

　　這些強人，本是宇文述派來加害李淵的。李淵人少勢危，碰巧秦叔寶與樊建威押犯路過。樊見一幫強盜劫殺良民，便對叔寶道：「兄在山東，人稱你是賽專諸，今路見不平，如何看待？」

　　叔寶道：「我倒有此意。你把犯人先行押解，待我

料理之後隨來。」建威一聲保重，押犯先去。

叔寶一按氈笠，扣緊腰帶，提着金鐧，縱馬衝去。大喝一聲：「我來也！」聲如春雷霹靂，馬似蛟龍入水。殺得強人東竄西奔，逃入深山，人影不見。

李淵看那壯士，忙使家丁請來相見。叔寶問：「你主人是誰？」

家丁答：「主上唐公李爺。」

叔寶兜住馬，正躊躇間。又見一家丁趕到道：「壯士快去，家爺必有重酬。」

叔寶聽到酬謝，笑了一笑道：「只是路見不平，不圖謝酬。」說罷勒馬便走。

唐公見家丁請不到叔寶相見，忙拍馬趨前道：「壯士請住馬，受我李淵一拜。」

叔寶只是不理。唐公急道：「壯士，我全家活命之恩，可否通一姓名，異日報德何妨？」

叔寶只得回頭答道：「小人姓秦名瓊便是。」連把

手搖了兩搖，示意不好趕來，馬加一鞭，如箭馳去。

唐公欲待追趕已遲。剛才相隔頗遠，只聽壯士說一瓊字，又搖了搖手，想必壯士姓瓊名五。於是牢牢記住。

唐公帶着眾人，行至黃昏，只見一座大寺，名永福寺。唐公見家眷眾多，只得入寺暫歇。

安頓妥當，唐公閒來無事，到得亭園，只見掛有一對聯句：

寶塔凌雲一目江天這般清淨
金燈代月十方世界何等虛明

側旁寫着：「汾河柴紹熏沐手拜書」。

唐公見詞意高雅，筆法雄勁，問住持道：「此柴紹何人也？」

住持答道：「是汾河禮部柴老爺的公子，別字嗣

24

昌。常到本寺。」

回到禪堂，是夜月白風清。一時興起，信步走往竹林。見燈火處，傳來琅琅書聲。只見燈下坐着一個少年，面如傅粉，唇若施朱。橫寶劍於文几，誦孫吳於燈下。誦罷拔劍起舞，旁若無人。

唐公見罷，即回問住持，此何人也。住持便道：「此人便是柴紹。」

唐公道：「吾觀此子，相貌雄奇不凡，他日必成大器。我有一女，年已及笄，端莊寡言，未得佳婿。欲長老為媒，結二姓之好，可乎？」

住持恭身答道：「老爺吩咐，定當從命。」◎

第四回

比武招親

柴紹

翌日住持約柴紹謁見。嗣昌按師生之禮，拜見唐公。寒溫敍畢，談及四書五經、孫吳兵法，嗣昌娓娓道來，唐公不勝欣喜。

會畢，柴紹既出。唐公與夫人說知此事。夫人道：「此子雖然不錯，但婚姻是百年大事，須得與女兒說知。」

唐公道：「婚姻是父母之命，女孩子家，怎可作主？」

夫人道：「非也！知子莫若父，知女莫若母。你這女兒不比尋常。若她不愜意，勉強也枉然。我今與她說明，看她意思怎樣。」

唐公道：「既是如此，你且問她。」

夫人將唐公要招柴公子為婿的事，與女兒細說一遍。李淵之女，年方二八，不喜針線，卻好張弓舞劍，恰似三國時代孫權之妹。小姐道：「母親在上，婚姻之事，女兒不該多口。但百年配合，榮辱與共。如倉卒從事，追悔莫及！如今亂世，只懂咬文嚼字，不識弓

馬韜略，何足為用？」

夫人接口道：「老爺說柴公子武藝了得。那晚見他舞劍，出劍如電，雷霆萬鈞，量他也是有本領之人。」

小姐說：「既是如此，待孩兒慢慢商酌。兩日後定議如何？」夫人見說，出去回覆唐公。

小姐見夫人離去，苦思怎樣可以偷看此人一眼，以定奪是否良配。只見保姆過來問道：「剛才夫人所言，小姐意下如何？」

小姐道：「如何能見他一面？」保姆道：「這又何難？只消這樣這樣，着他來見便成。」小姐暗喜。

柴紹自與唐公見後，想唐公待他禮遇謙恭，心中甚喜。但又不知小姐是如何模樣，不免期待。正在燈下看書，只聽得房門「呀」的一聲，走進一個粗眉大眼的老婦。柴紹問是何人，那人道：「我是小姐的保姆。我家小姐不但才貌雙全，文韜武略，誓嫁一個能文能武、足智多謀的郎君。因老爺要聘你為東牀，故着老

29

身來此，致意公子，如有意求凰，請於今夜二更，到觀音閣後菜園，看小姐排陣。如公子識得，方許秦晉。」說完出門而去。

柴紹用過晚飯，見庭中月色，冰輪如鏡。讀了一回兵書，不覺二更時候，又到庭前看月。驀地咳嗽一聲，保姆把手來招，便跟她到菜園來。保姆說：「你站在這裏，看小姐排陣。」

只見一女子，手執令旗。公子問是小姐麼？保姆道：「小姐豈是輕易見的？她不過是小姐侍女，是來擺陣的。」

話未說完，那女子把令旗一招，引出一隊女子來。俱是裹巾紮袖，手執單刀，左盤右轉，一字排開。保姆問道：「公子諳此陣否？」

柴紹道：「這有何難！是一字長蛇陣。」

只見那女子把令旗一翻，眾女四方兜轉，分為五組，每組四人，持刀相背而走。保姆問：「公子識此陣否？」

柴紹道：「此乃五花陣。」

保姆道：「公子既諳此陣，如敢破，方見本領。」

柴紹道：「有何難！只怕傷害小姐侍女。」

柴紹束起衣襟，順手拉拔菜園一根竹枝，飛身從生門躍入。左挑右刺，橫劈直砍。想那些閨中女子，怎敵得住柴紹武藝。若是手持兵器，早已屍橫遍地。柴紹見陣已破，不為已甚，雙手持竹，向閣樓處一揖說道：「多謝小姐賜教，小生冒犯失手，多有得罪，就此謝過。」然後一揖倒地，說罷轉身回去。

忽聽得颼的一聲，一支沒箭頭的花翎箭，箭上繫一彩球，射向柴紹。柴紹伸手接住，正待看時，眾女早已散去。柴紹心知這彩球定是小姐所贈。

次日紅日東升，柴紹正酣睡之際，只聽得有人叩門，忙去開門，住持已推門而入道：「公子大喜，唐公囑我傳你，說要擇良辰吉日，禮聘公子為婿。」

柴紹父母早亡，遂將家園交與得力家人，隨唐公回太原成親。◎

第五回

叔寶種恩

秦叔寶

自秦叔寶投入來總管帥府，做個小小旗牌。為官三月，未獲重用。適值來年正月十五，越公楊素六旬大壽，遣公差叔寶齎禮前往，並委託叔寶親交一書信予幽州涿郡的張公謹。叔寶着手下童環、金甲一同押解。

三人都是武夫，話語投機，彼此相敬。不多時到了涿郡，只見一條街道，倒有千戶人家。街頭有一飯店，叔寶道：「我們要到張公謹處，初會朋友，但餓腸轆轆，不如先在這裏用飯，然後投書未遲。」

童、金二人道：「秦大哥說得有理。」三人進店，先吩咐店小二拿酒來。

坐在窗前，只見街上無數少年，各手執齊眉棍，簇擁着一員大漢，身長八尺，頭包萬字巾，身披虎紋皮，敲鑼打鼓，前去廟前空地。地上築起擂台，台高九尺，方圓五丈。台下已有千人圍繞。

叔寶忙問店主是甚麼回事，店主答道：「村裏來

了一個胡人，本是番將，姓史名大奈，迷失幽州，無依之下遂投靠本地張老爺。老爺想試他本事，特地在廟前搭了一個擂台，要他打足三個月。如贏得一拳一腳，賞銀一百兩。擺了三個月，莫說贏他，甚至平手也未有一個。今日是最後一天，所以街坊都湧去觀看。」

叔寶道：「今日可打麼？」店家道：「今日還有，明天就不打了。」

叔寶道：「我們可去看麼？」

店主笑道：「老爺不要説看，有本事也任憑老爺去打。」

叔寶道：「店家煩你把我行李收下，我們看擂台去。」

三人行到台邊，見幾個少年站在掌櫃旁，叔寶問：「打擂台是比武之地，設掌櫃何用？」

其中一人道：「老兄，你有所不知，我們史爺吩

咐，要交五兩銀才肯打。」

叔寶道：「啊，原來是為利。」

那少年道：「你不曉得，起初時是不需交銀的。但立起擂台後，一雷天下響，五湖四海皆知，豪傑蜂擁而至。史爺為人謹慎，恐防傷人，要打便立一張生死狀，並需繳付五兩銀子。故此這兩個月上去打的甚少。」

童環攛掇叔寶道：「秦兄上去，包保你一百兩到手。」

叔寶道：「賢弟，我們有事在身，看看罷了。」

童環卻躍躍欲試，叔寶道：「賢弟逢場作興，如你要上去，我替你交銀兩。」

叔寶交了銀兩，童環一躍上台。台下圍繞千人，見有人上台，歡聲雷動，喊聲震天，嚇得童環股慄欲墮，手腳酸麻。史大奈在擂台三月，未逢敵手，見來人手腳虛浮，飛起雙腳往童環下陰掃去。童環驚魂未

定，已來不及閃避，一個回合便被掃倒台上。史大奈單手提起童環，把手一揮，將童環拋落台下。

叔寶在台下接着，急忙放下，火爆喝道：「匹夫，我來也！」也不交銀，直撲上台。

史大奈見來人兇猛，擺開一字馬，雙掌護胸，氣定神閒。叔寶飛起雙腳，直取天靈蓋。史大奈往後一讓，運掌如刀，直切叔寶雙腳。雙方拳來腳往，一個似蛟龍搶珠，一個似餓虎擒羊。

早驚動了台主張老爺。只見小廝來報，史爺手腳都亂了。張爺道：「有此等事？」

連忙趕往廟前。只聽得台下羣眾，有的高聲喊打，有的連聲太息，有的看到口瞪目呆。台上兩人，翻來覆去，滾作一團，殺得難分難解，日月無光！

張爺本是員外，長袖善舞，忙問掌櫃是誰。掌櫃指着童環道：「是童環的朋友。」

張爺過去問道：「童爺，上面打擂台的是誰？」

童環道：「他叫秦叔寶。」

張爺聽說是秦叔寶，覺得名字似曾相識，忙道：「四海之內皆兄弟也。恐怕是道中朋友。你們來此何事？」

童環道：「我們到此是要交一封書信給這裏的張公謹。剛到便遇到這一盛事，趕來一看。」

張爺道：「本人便是張公謹，大家自己人，快叫秦叔寶住手。」

張公謹連忙叫史大奈停手。兩人見狀，從台上將下。張公謹拖着叔寶三人及史大奈，大家相顧傻笑，正是不打不相識，彼此施禮陪罪。張公謹立即邀請他們回府，設宴招待。

秦叔寶送了書信給張公謹後，啟程前往長安。叔寶自騎黃驃馬，離開山東，過河南，來到少華山下。見山勢險惡，恐有歹人埋伏。剛出谷口，只見一羣嘍囉，簇擁着一儔英俊，躍馬橫刀，攔住去路，喝道：

「留下買路錢。」

秦瓊心中暗笑：「我在山東，綠林響馬，聞我姓名，皆抱頭鼠竄。如今剛到關中之地，猛虎不及地頭蟲，盜賊反來索取買路錢？」

於是拿出雙鐧，縱馬瞧那人頭上打去，那人舉刀招架。鬥至三十餘合，不分勝負。原來山中尚有兩個豪傑，一是王伯當，原與秦叔寶相熟，另一是李如珪。攔住叔寶的是齊國遠。

是時王伯當正與李如珪對飲，忽聽嘍囉來報，說齊寨主刀法凌亂，恐不敵此人，請二爺接應。二人一聽，忙取兵器，策馬馳往。

下得山來，王伯當遙望那人，好像秦叔寶模樣，便高聲叫道：「齊國遠，不要動手！」

已到平地，伯當道：「果然是叔寶兄！」二人都丟下兵器，解鞍下馬，上前相認。伯當自邀叔寶上山敘舊。

王伯當也是豪傑，只因命蹇時乖，淪落綠林。知悉叔寶上京賀壽，願陪前往。齊、李二人，自幼習武，惜奸臣當道，始落草為寇。聽得伯當也上京師，亦願陪同。隨即吩咐嘍囉，看守山寨。另選二十壯健，同赴長安。

翌日離了少華山，路奔陝西。約離長安六十里之遙，時乃黃昏，見一寺廟，殿脊一座鎏金寶瓶，夕陽斜照，金光流轉。王伯當道：「我們且歇一歇，進去參拜，如何？」

四人直入大雄寶殿，見有匠人正在做工。叔寶道：「借問一聲，這寺是何人修建？」

匠人道：「是太原府唐公李老爺蓋的。李老爺欽賜回鄉，發心布施。寺旁新起一座門樓，名曰『報德祠』，客官可過去參觀。」

四人齊往，見殿高數丈，內塑一尊神像，高丈餘。頭戴氈笠，皂布海衫，蓋黃罩甲，熟皮鋌帶，黃麂戰

靴。前豎一面紅牌金字，上書「恩公瓊五生位」。下首小字「信官李淵沐手奉祀」。

三人看那塑像，齊國遠不識字，便問伯當：「是天尊麼？」

伯當笑道：「這是生位，其人還在生。唐公受這人恩惠，故建此報德祠。」

眾人看看塑像，又瞧瞧叔寶。叔寶暗暗搖手，低聲說道：「這就是我。」遂敍述助唐公退賊，「但不知他怎樣弄錯我為『瓊五』」。

早有人聽到對話，忙報告在寺內監工的柴嗣昌，說那四人中有老爺的恩人在內。嗣昌趨往相認，立即吩咐擺酒，接風洗塵，並即修書太原，稟告唐公。隨後更與叔寶義結金蘭。◎

第六回

秦瓊賣馬

魏徵

話說來總管差秦叔寶與樊建威，各解兩名犯人往澤州及潞州充軍。一路同行，解軍盤川由建威管着。及至關外，匆匆分路，行李文書各自歸管，卻忘記盤川不曾分開，都被樊建威一併帶去。想秦叔寶自己身邊也有些銀兩，那把這幾兩銀子放在心上。

及至潞州，找間客店安頓好後，押解兩犯交與刺史，待翌日太守簽回批文便即回家。

次日清晨，準備往州府領回批文。卻見衙門緊閉，街上靜悄無人。叔寶走進一酒肆，問酒保街上為何這樣清靜。酒保道：「聽兄台口音不似潞州人。你不知我們太爺到太原去麼？唐公李老爺欽賜還鄉，太爺三更聞報，天未曉已去賀李老爺了。」

叔寶心中明白，就是他拔刀相助的李爺。忙問：「老兄，知否幾時才得回來？」

酒保道：「李老爺德高望重，大小官員賀他，少不免酒會多日，兼且路程遙遠，多則二十日，少也要半月才得回來。」

叔寶聽罷，返回寓所，唯有等待。過得數天，客店店主王小二過來催收米飯租金。叔寶盤川已被樊建威帶走，只餘兩三兩銀，只夠幾天使用，怎料領回批文還要等待二十多天！徬徨無計，惟有懇求王小二先行記帳。

　　不覺過了十多天，叔寶每日都往衙府詢問。又等了兩三日，報說太守回來了，一眾人等都出廓迎接。幾經波折，領回批文，拿了幾兩賞銀，出府回店。

　　王小二拿來帳簿，計算欠帳一共拖欠十四兩。叔寶囊空如洗，怎拿錢來結。王小二見他白吃白住，只給他涼菜冷飯。想叔寶何等男子，怎受他人顛簸！想起自己兩根兵器熟銅鐧，原是祖傳之物，熟銅鎏金打造，共重一百二十八斤。便告訴王小二，一同拿去典當，着錢回來結帳。

　　二人一起走進當鋪，叔寶把鐧往櫃枱一放，銅鐧身重，嘭的一聲，嚇得朝奉一跳，白了他一眼道：「別打壞我的櫃枱！」

45

叔寶道：「要當銀子。」

朝奉道：「這樣東西，只算廢銅。」

叔寶喊道：「我的兵器，怎是廢銅！」

朝奉道：「拿得動便是兵器，典當的就叫廢銅，拿去熔爐。銅價是一斤四分。你這鐧多重？」

叔寶道：「一百二十八斤。」

朝奉道：「朋友，還要計折耗的。這樣吧，就算是一百二十斤，該五兩短二錢。」

叔寶一算，只拿到四五兩銀子，幾日便使用完，不如拿回去。王小二臉現不悅之色。

回到客店，王小二像逼命鬼一般，向叔寶道：「你老人家可再尋些值錢的東西去當？」

叔寶道：「小二哥，我們公門出差，除了兵器，難道帶金銀珠寶不成。我有一匹坐騎，可有人要？」

小二道：「潞州有個馬市，每日五更開市，天明散市，在西門大街上。馬出門便有銀子進門，你切記住，莫怪小二無情！」

叔寶一夜難睡，生怕錯過馬市。五更起來，冷水洗了臉，小二掌燈來牽馬。叔寶將馬一看，一匹千里良駒，弄得蹄穿鼻蹋，肚大毛長。叔寶心想，人已不飽，何況馬乎！

　　叔寶敢怒而不敢言，唯有牽馬外走。馬甚具靈性，曉得主人要賣它，前腳蹬住門檻，後腿倒坐下去。叔寶憐馬瘦得可憐，不忍猛力扯它。豈知小二拿起一根門閂，照着瘦馬後腿一掃，痛得馬兒跳將出去。小二把門一關，喝道：「賣不出去，不要回來！」

　　叔寶牽馬到西門，馬市已開。一眾王孫公子，往來不絕。但見一窮漢牽着病馬，哪有人來問津。天色漸明，始終無人理睬。馬市已過，城門大開。鄉下農夫挑柴進城來賣。那馬見鄉農擔着嫩草乾柴，只因餓極，立即衝前搶食青草，把鄉農撞跌在地。叔寶急上攙扶，連聲道歉。鄉農道：「朋友，不要緊，我沒跌壞。你牽着馬，敢情是要賣麼？」

　　叔寶道：「便是要賣，但撞不到顧主。」

鄉農道：「這裏買馬的，怎肯買你的病馬！我若不是要賣柴，就引你到一處，這馬就有人買。」

叔寶道：「賣柴小事，你若引我去，事成送你一兩牙錢。」

鄉農聽説，大喜道：「這裏離西門十五里，有一員外，姓單名雄信。他常結交豪傑，買馬送與朋友。」

叔寶如夢初醒，暗暗自悔：「在家常聞潞州二賢莊單雄信，延納豪傑，我到此地，忘去拜他。如今弄得衣衫襤褸，潦倒街頭，怎能拜見！」於是對鄉農道：「我只賣馬，不用引見。如事成，牙錢定付。」

鄉農將柴擔寄在豆腐店，二人一馬同赴二賢莊。

卻説單雄信秋收事畢，閑坐廳前，見一老漢垂手立於門外，忙問何事。鄉農道：「老漢領人來賣馬，如今馬在莊外，請員外看看。」

雄信問道：「可是黃驃馬？」

鄉農道：「正是。」

雄信跟隨從人出莊，見大槐樹下站着一人。只去

看馬，不去問人。雄信善相良駒，撩起衣袖，用力把手一按馬腰，見分毫不動。遍體黃毛，金絲細捲，並無半點雜色，知是良駒。

看罷了馬，才與叔寶相見道：「馬是你賣的嗎？」員外只道他是馬販，只稱你我。叔寶答道：「小可不是馬販，只是窮途，擬貨於寶莊。」

雄信道：「不管怎樣，你說個價罷。」

叔寶道：「人窮物賤，不敢言價。只求賜五十兩，以充盤川之資。」

雄信道：「這馬討五十兩銀也不多，只是膘跌重了，若餵以細料，飼養多時還可。現在這馬等如廢物。見你可憐，我給三十兩銀子，當送與路費。」叔寶只得唯諾。

雄信三十兩買得千里良駒，叔寶見了銀子，解決燃眉，皆大歡喜。叔寶是個孝子，久居在外，今有銀子，得以回家侍母，喜上眉梢。

雄信拿着銀子，叔寶準備雙手來接，雄信問叔寶：

「兄是山東人，貴府哪裏？」

叔寶道：「就是齊州。」

雄信把銀子放回衣袖，叔寶大驚，以為雄信反悔不買。只因說了齊州二字，觸動雄信結交豪傑之心，向叔寶道：「敢問仁兄，齊州有個慕名的朋友，兄可識否？」

叔寶道：「是何人？」

雄信道：「此人姓秦，表字叔寶，山東六府馳名，人稱賽專諸，在濟南府當差。」

叔寶衣衫襤褸，羞於答在下就是，卻隨口應道：「是小弟同衙朋友。」

雄信道：「失覺了。原來是叔寶同袍，請問尊兄高姓？」

叔寶念着回去要還錢給王小二，隨口說是姓王。

雄信道：「王兄請稍坐片刻，待我寫信與秦兄，盼你帶回。」

雄信復進書房片刻，寫好書信，拿了一封程儀，潞綢二匹，與叔寶道：「這是馬銀三十兩，另具程儀三兩，潞綢二匹送與兄台，勿嫌菲薄！」

叔寶收後，連說感恩告辭。找到鄉農，慷慨地就把三兩程儀當作牙錢，送與鄉農。老漢笑容滿面，拱手作別。

叔寶有了銀子，人便精神。腹中早餓，找了一間酒樓，坐下準備沽酒切肉。怎料酒保見他寒酸，連忙攔住道：「你買酒吃，到櫃抬先秤銀子。」

叔寶道：「怎麼要我先秤銀子？」

酒保道：「我們潞州有個規矩，恐怕酒後不好算帳，故要先交銀子，然後吃酒。」

叔寶暗想，人離鄉賤，莫要生事為上。於是拿了一錠銀子，準備秤錢，口中喃喃自語：「若其他客人吃酒不需秤銀，給你好看！」

酒樓主人看在眼裏，賠着笑臉道：「朋友，請收起

銀子。下人故意歪纏，但看我薄面，勿深計較。我叫他拿暖酒來吃。」

叔寶轉嗔為喜道：「主人賢慧，不必計較了。」叔寶瞧瞧自己衣衫，又難怪遭人白眼。正在吃酒，聽得外面喧嘩。進來兩個豪傑，四五個下人。先進來的頭戴進士巾，後面跟着進來的卻是故人王伯當。叔寶窮途潦倒，羞見故人。忙着起身，就給王伯當見到。

王伯當一看叔寶如此這般模樣，問道：「叔寶，何故一寒至此？」

叔寶道：「伯當兄，沒大不了。只欠了些店帳，流落於此而已。」遂問同行朋友是誰？

伯當道：「這位是舊友姓李名密，字玄邃。世襲蒲山郡公。曾與弟同為殿前左親侍千牛之職。因姓應圖讖，為聖上所忌。小弟又因楊素擅權，國政日非，也就一同避位，棄官同遊。」

叔寶於是重新與李密敬揖。伯當又問：「兄可曾見單二哥乎？」

叔寶於是將賣馬及假托姓王之事，一一告知伯當。

三人飲至黃昏，伯當結帳後對叔寶道：「今夜暫別，明日決要相會。」叔寶拿錢回店結帳，王伯當及李密急出城到二賢莊去。

及至二賢莊，敘罷契濶，伯當道：「聞知兄長得一良駒，然否？」

雄信道：「不瞞賢弟說，今日只用了三十兩銀，買了一匹千里良駒。」

伯當道：「你道賣馬者何人？」

雄信道：「山東人姓王。」

伯當道：「那賣馬的就是秦叔寶！」

雄信擊額而嘆道：「怪不得他欲言又止，原來是叔寶，如今往哪裏去？」

伯當道：「他在王小二處。我們在這裏飲至五更，明早找他。」

翌日，他們三人備馬出發，又牽一匹空馬留給叔寶，直馳王小二店前，不意叔寶一早已去。雄信又接

獲兄長被唐公射死，手下護送棺槨回來。王李二人見雄信有事，便把追趕叔寶之念擱下，各自散去。

卻說叔寶，連夜趕路，天寒地凍，霜露又重，外感着涼，又覺頭昏眼花，來到一座大廟，乃東岳行宮。行到殿前，欲叩拜神明，不想四肢無力，被門檻絆倒。因背負雙鐧，把地磚打碎了七八塊。廟祝攙扶不動，急報觀主。

這觀主不是等閑之輩，姓魏名徵，字玄成，魏州曲城人氏。少年孤貧，但無書不讀。諸子百家，天文地理，文韜武略，無所不精。就是詩詞歌賦，曲盡其妙。素懷大志，遇着英雄豪傑，傾心結納。惜隋重門蔭，自嘆生不逢時，隱居華山，做了道士。

廟祝進報道：「有個醉漢，跌倒東岳殿上，隨身兵器，又壓碎地磚，特來報知老爺。」

魏玄成想道：「夜觀天象，罡臨本埠，必此人也，待我出去看看。」

魏玄成上前揭開衣袖，一打脈搏，知患風寒，忙煎藥叔寶吃。調理幾日，病漸安穩。

　　一日雄信帶領家丁來到東岳廟，要與亡兄打醮。正打掃靈堂，見地下放着雙鐧。雄信問道：「這是何人之物？」

　　魏玄成道：「有個山東齊州人……」

　　還未說完，雄信嚇了一跳，急問道：「是否姓秦？現在哪裏？」

　　魏玄成道：「單名秦瓊，表字叔寶，正在客房養病。」他們連忙趕去。

　　叔寶聽見一行人走進來，仔細一看，見雄信在內。雄信忙搶上一步，雙手捧住叔寶道：「吾兄在潞州，雄信不能盡地主之誼，羞見天下豪傑矣！」

　　自此，魏玄成、秦叔寶及單雄信三人，都成知己。◎

第七回

垂髫之交

程咬金

古代兒童及少年的髮式有一定的規格，一望便知是年紀多大。譬如三至八歲，額上的短髮要自然垂下，叫作「垂髫」。

八至十四歲，要將頭髮分開左右兩邊，頭頂盤成一結，形如羊角，叫作「總角」。

十五歲男子，便要將原先兩角，盤成一髻，曰「束髮」。

十五歲女子頭髮便沒有限制，但要行「及笄之禮」。

卻說秦瓊乳名「太平郎」，三歲時父戰死沙場，母為逃避戰亂，搬至山東歷城一條小巷居住。隔壁住着一寡婦和其小孩程一郎，時年兩三歲。兩家孩子非常頑皮，常常打架生事。到十二三歲時，程一郎母子搬離歷城，到武南莊班鳩店居住，改名為「咬金」，常到山上找些乾柴買賣，生活清苦。

武南莊有一豪傑姓尤名通，字俊達，在綠林行走多年，現已為巨富，人稱「尤員外」。聞得青州劉刺

史要押三千官銀上京，這些銀兩當然來自民脂民膏。尤員外畢竟出身綠林，意欲劫掠。但莊中苦無得力之士，聽得有一好漢，姓程名咬金，今住班鳩店，便牢記心中。

事有湊巧，一日尤員外偶過郊外，天氣忽然轉冷，便走進酒家喝碗熱酒。見一襤褸漢子，放下柴耙，討酒來吃。

尤通見他舉止古怪，便問店小二此人是誰。小二道：「此人常來吃酒，住班鳩店，名叫程一郎。」尤通聽到班鳩店，便想到程咬金，於是起身拱手說道：「請問老兄貴姓？」

程咬金道：「在下姓程。」

尤通道：「家居何處？」

咬金道：「住班鳩店。」

尤通道：「班鳩店有位程咬金，可是貴親？」

程咬金笑道：「小子便是。」

尤通聽説是程咬金，如獲至寶道：「久仰大名，有事相煩，且是一椿大買賣。這裏不好説話，請屈駕寒舍，仔細商量。」

咬金道：「今日遇到知己，但憑吩咐。只是酒在口邊，且吃幾碗，何如？」

尤通道：「極妙！」一個富翁，一個窮漢相對而飲，店主人看了也掩嘴而笑。

尤通和程咬金回到莊上，重新吃酒。乘着酒興，尤通便把想劫官銀的事來挑咬金，並説如果成事，大家共享富貴。程咬金一拍心口，笑道：「大哥，只怕他的銀子不從此路來。若打這條路過，不勞兄長費心，只消小弟一馬當先，這筆銀子便將滾進來。」

員外喜道：「賢弟會用甚麼兵器？」

咬金道：「小弟時常劈柴，慣常用斧。」

員外道：「我倒有一柄斧，重六十斤。賢弟可用。」

員外命人拿斧來，是渾鐵打就，兩邊鑄有八卦，

名為「八卦遊身斧」。並取一副青銅盔甲、綠羅袍、一匹驄馬，給予咬金，各自回房就寢。

次日打聽得官銀十月二十四日從長葉林過。二十三夜間，尤通先取好酒，與咬金喝得半醉。到五更時分，咬金便提斧上馬，往長葉林去。

咬金橫斧立馬，如猛虎當道。遙見官隊押銀過來，咬金猛喝一聲，聲如驚雷：「留下買路錢！」

押銀軍官舉槍罵道：「響馬大膽，看槍。」拍馬去戰。

半路殺出的程咬金，揮斧猛砍，三板斧便把押官砍斃。其餘兵卒嚇得四散入林。咬金便把官銀搬回莊去。

官銀被劫，砍殺軍官，青州劉刺史大怒，限日捉拿盜匪歸案，並着令歸還那三千兩官銀。文書下來，去到來總管府中，來總管即命秦叔寶緝拿盜匪。

秦叔寶查詢綠林近況，知道是尤俊達及程咬金所

為。他與程咬金是垂髫之交，怎忍捉拿歸案！那三千兩銀又怎歸還？正是滿懷惆悵，不知所措！

來總管屬青州劉刺史所管。他平素清廉如水，焉能拿出三千官銀歸還青州？蹺巧柴嗣昌來訪，知他是李淵女婿，又和劉刺史諗熟，便立即召見道：「青州三千官銀被劫，要我負責追捕歸還，真是豈有此理！」

柴紹答道：「我來訪你，正是與此事有關。我知道捕快之中有個秦瓊，我與他有八拜之交。聞他無辜受累，特早前去拜訪劉刺史。他說縱使追不着賊匪，賠得起官銀便不查究。故此特來拜訪秦瓊。」

來總管忙傳叔寶見客。叔寶見是柴紹，訴說心中惆悵之事。柴紹道：「秦大哥不必為此憂慮，弟早已安排妥當。這是岳父手札，要面呈給你。」

叔寶啟開書札，上寫道：「關中之役，五內銘記。每恨圖報無由。謹具白銀三千兩，為將軍祝壽。萍水有期，還當面謝。侍生李淵首拜。」

叔寶看了正色道：「柴兄，令岳小覷於我，大丈夫作事豈是求報的？」

　　柴紹道：「秦兄固不望報！既來之，則安之。如今你把這三千兩銀歸還青州，你又並不取分毫，又可了卻這筆煩惱，豈非兩全其美？」

　　來總管聽聞可藉此消除這個無妄之災，忙慫恿叔寶急急收下。叔寶唯有惟命事從。

　　從此秦叔寶及程咬金，都難忘李淵之恩，遂種下歸唐之根。◎

第八回

英雄煮酒

杜如晦

一日叔寶閒看野景，見一少年，生得容貌魁偉，器宇軒昂，牽着一匹馬，向叔寶問道：「此處是秦家莊嗎？」

叔寶道：「兄長何人？」

那人道：「在下徐懋功，與單雄信為八拜之交。因我訪親過此，他託我轉書問候秦爺叔寶，未知他住何處。」

叔寶道：「在下便是，兄台既是單二哥契交，就與小弟一拜吧。」於是吩咐擺好香炷，兩人八拜，結為兄弟，置酒款待。

青梅煮酒，酒到酣處，叔寶見懋功年少，怕他見識不廣，於是問道：「懋功兄，除你見過單二哥雄信外，也曾見過其他豪傑否？」

懋功道：「小弟年紀雖小，但曠觀事勢，熟察人情。如今主上，好大喜功，荒淫日甚。更因奸臣當道，天下何堪？不出四五年，天下必大亂。故此小弟也有

意結納英豪，尋訪真主。目中所見，如單二哥、王伯當都是將帥之才。但恨真主還未見聞！」

叔寶道：「曾見李密乎？」

懋功道：「也曾見來，他能禮賢下士，自是當今豪傑。」

叔寶道：「河北竇建德如何？」

懋功道：「白手興家，稱王河北，亦豪傑也。」

叔寶又問：「王世充何如？」

懋功道：「王世充任入唯親，不過庸碌之輩耳。」

叔寶道：「尚有其他豪傑乎？」

懋功道：「弟在京城，常聞杜如晦、齊州房玄齡、相州魏徵、彭城劉文靜，皆文韜武略，濟世之才，惜未及見！」

叔寶道：「弟友程咬金、三原李靖，均一時豪傑。李靖曾云：『王氣當在太原』。尋找真主，當往太原圖之。」

懋功道：「太原李淵，世襲貴冑，屢破戎狄，真英雄也。其子世民，文韜武略，亦後起之秀，惜緣份未到，未能結交，心戚戚然。」

叔寶道：「我亦素知唐公知人善任，好結天下豪傑。」

懋功道：「天下人才固多，若說將帥之才，就兄村莊也有一人，兄曾識否？」

叔寶道：「這倒不知。」

懋功道：「小弟來訪時，見兩牛相鬥，小弟勒馬道旁，卻見一個小廝，年不過十餘，一手搣住二隻牛角，大喝一聲「開」，兩牛被他分開尺餘，各自退走。這小廝跳上牛背，吹笛而去。小弟正欲問他姓名，卻見另一小廝道：『羅家哥哥，怎把我家牛角搣壞了？』我始知他姓羅。」

兩人意氣相投，抵掌談心。懋功因決意到瓦崗，看看寨主翟讓動靜。叔寶只得道別，回書雄信，另寫

一札，託雄信寄魏徵，如遇真主，彼此相薦，共立功名。及後李密、魏徵及徐懋功投奔翟讓，組成反隋義軍——就是威名赫赫的「瓦崗軍」。

李密更召集結義兄弟單雄信、王伯當、秦叔寶、程咬金，及那個姓羅小厮——羅成，相繼加盟，日後便是吒咤風雲的「瓦崗五虎」。◎

第九回

太原聚義

李世民

卻說唐公李淵，自去太原後，見隋帝荒淫，天下將亂，常懷逐鹿中原之心，開創萬世基業。

李淵育有四子，長子建成，紈絝子弟，耽酒漁色；三子玄霸早卒；四子元吉，機謀狡猾，不似霸主之才；獨次子世民，長得龍鳳之姿，天日之表，異日必能濟世安民。

某次李淵在家與子閒聊，問道：「《詩經》何句最佳？」

建成搶答道：「昔我往矣，楊柳依依。今我來思，雨雪霏霏。」李淵覺得建成留戀春天美好日子，有貪圖逸樂之意。

世民續答道：「吁謨定命，遠猷辰告。」此句意謂每年春日正月，須將邦國大計佈告天下。李淵便知世民能處理軍國大事，運籌帷幄，決勝千里。

世民自小天縱聰明，兵書武藝，無所不精。更不惜揮金如土，輕財好士，結交豪傑。時有晉陽縣令劉文靜，文武兼備，好謀多智，喜與世民交往。

一日文靜言挑世民：「今天下方亂，非湯武之才，不能定也！」

世民道：「安知無人！我看兄台亦乃豪傑，誠欲與兄台共襄大業，未審尊意如何？」

文靜道：「弟為縣令數年，熟悉豪傑之事，一旦振臂，可集數十萬人。加以尊公所掌之兵數萬，乘虛入關，號令天下，帝業成矣！」

世民道：「君言正合吾意，唯恐父不從！」

文靜道：「尊公素與晉陽宮監裴寂相厚，言聽計從。要激尊公起兵，非裴寂莫屬！」

世民亦與裴寂交厚，遂以此情告之。寂既知天下大勢，慨然謂：「而今主上巡幸江都，樂而忘返。待我明日邀唐公來宮中飲宴，以利害告之！必事成也！」

次日，裴寂設席晉陽宮，差人來請唐公。二人相見，入席而坐。裴寂只顧勸酒，唐公酩酊大醉。裴寂道：「悶酒難飲，如叫美人佐公陪酒，可乎？」

唐公醉意甚篤，笑道：「知己相逢，有何不可？」

不多時，只聽得環珮叮噹，走出兩個儷人來。到了筵前，向唐公參見，唐公慌忙還禮。兩美曲意奉承，唐公開懷暢飲，再盡數杯，卒之醉倒，立足不定，雙眼模糊。兩美於是扶掖唐公進入內宮休息。唐公醉得未察此時正在深宮府內！

正是「夢裏不知身是客，醉臥龍牀作九尊」。

唐公一覺醒來，見身在龍牀之上，黃袍蓋體，悚然驚起。忽想起昨夜之事，忙披衣而起。裴寂迎將進來道：「深宮無人，何必起得這早。」

唐公歎道：「裴寂誤我！」

裴寂道：「今隋主無道，百姓窮困，豪傑並起。公手握重權，令郎秣馬厲兵，何不舉義救民，建萬世之基業？」

唐公大驚道：「公何出此言，欲陷吾於滅族之禍？李淵素受國恩，斷不變志！」

裴寂道：「當今上有嚴刑，下有盜賊，公若守小

節，亡無日矣！何不順應民心，揭起義兵，猶可轉禍為福。現正天授時機，帝貪圖逸樂，不事朝政，今尚遊樂於江南，朝廷空虛，興兵討伐，此其時也，幸勿失卻。」

唐公道：「公勿再言，恐有走漏。」

寂笑道：「昨日與令郎樹酌，故出此計矣。」

唐公道：「我不信我兒同出此計，公何陷人於不義？」

話猶未了，只見旁閃一人，金冠束髮，繡襖團花，說道：「裴公之言，深識時務，父親宜從之。」

唐公見是世民，佯怒道：「拿你免禍！」

世民毫無懼色道：「拿我何用，父親亦死罪難免。若不義舉，何能拯斯民於水火，措天下於荏席？盼父然諾！」唐公釋然。

唐公即差人去河東，喚建成、元吉到太原聚義。於是李淵稱帝，國號唐。立建成為太子，封世民為秦王，元吉為齊王。年號武德元年。命秦王興師討賊，自己擁兵入關。◎

75

第十回

群雄逐鹿

張公謹

隋主無道，迫民造反。除太原有李淵起義外，長白山有王薄，河北有竇建德，河南有翟讓。

自從李密投靠翟讓後，組織瓦崗軍，四方豪傑如魏徵、徐懋功（後御賜姓為李世勣）、單雄信、王伯當、秦叔寶、程咬金及羅成等紛紛來投，聲勢浩大，一時無兩。

忽隋主下旨，命通守張須陀掃蕩翟讓。翟讓雖勇，敵不過須陀一枝神槍，交戰數回合，撥馬便亂逃。幸好李密趕來，救得翟讓返寨。

次日，李密定計，着翟讓再出誘敵，李密及王伯當等埋伏叢林。張須陀正趕殺翟讓，追近叢林，方知中計，已來不及，中箭而死。叔寶與須陀有舊，不忍其暴屍荒野，命部屬殯葬，擇日親自祭奠。

當日擺好祭儀，忽見四五十白帽白袍之人擁將進來，羅成拔刀喝道：「你們何人，為何率眾到此？」

眾人道：「小的感故主恩情，願在這裏守靈百日。今得悉秦爺為其設靈，故來拜奠，並乞恩准！」叔寶深

感主僕恩義，慨然答允！

卻說翟讓，本是一介勇夫，無甚謀略。及見李密足智多謀，自己言聽計從，心有不甘，卻又無可奈何。翟讓親信亦深感李密之威脅，無形分成楚河漢界。李密又見翟讓只顧劫殺商賈，毫無逐鹿中原之心，頗感明珠暗投。

一日，李密親信齊會商議，對李密說：「翟讓暴戾，而今元帥功高蓋主，莫以翟讓為粗人，須知粗人最是心狠手辣。人無害虎心，虎有傷人意。若不先發制人，恐噬臍莫及矣！」

李密道：「諸君如此與我為謀，須策萬全。」

次日，李密置酒，請翟讓及其親信赴宴。吩咐將士在營外伺候，只留帶刀侍衛蔡建德站旁。李密對翟讓及其親信道：「天氣轉寒，李密備有寒衣酒肉犒賞，你們可去領賞。」

眾親信眼望翟讓，翟讓笑道：「元帥既有犒賞，你等可去。」眾人叩謝而出。

閒話之時，李密道：「近得一張好弓，道是八石，送上主公。」

李密拿弓，遞與翟讓。翟讓道：「看似只有六石，我試一開。」

翟讓離座，左手搚弓，右手扯弦。扯了一個滿月，月剛滿，侍衛蔡建德手起刀落。可憐這個叱咤風雲的綠林好漢，頃刻命喪黃泉！

時單雄信，徐懋功等正在他處赴宴。銜杯之際，小校來報：「翟爺被元帥砍了。」

單雄信聽報，大吃一驚，杯子落地，道：「這是甚麼緣故！就是翟讓性子暴戾，也該寬恕他。想當初瓦崗起義之時，豈知有今日？」

懋功道：「自古兩雄不並棲，此事我久已料之。」

正議論間，手下進來說：「外面有一故人求見。」雄信起身一看，原來是杜如晦。

敘禮寒喧已畢，杜如晦對徐懋功道：「久仰徐兄大才，無由識荊，今日一見，足慰平生。」

懋功道：「弟前晤劉文靜兄，盛稱兄才敏達，弟當退避三舍矣！」

杜如晦道：「弟剛才在帥府經過，見人多聲雜，不知何事？」

懋功道：「沒甚麼大事，不過帥府殺了一人而已！」

杜如晦道：「殺了甚麼人？」

單雄信只得將李密與翟讓不和，以至今日之事，簡略告之。杜如晦道：「難怪適才雄信兄面色慘淡，不意有此心事。若然李密作事，今非昔比，諸兄如欲他往，有一所在，不知諸兄願往否？」

眾人齊問：「是何所在？」

杜如晦道：「今春在晉陽劉文靜家中，會見柴紹。說起叔寶與兄等嘯聚山林，託弟來訪。如今他令岳唐公欲圖大事，要借重諸位。倘若此地不如意，可同弟去見柴兄。倘若事成，定當共富貴也。況且其舅李世民秦王，寬宏大度，禮賢下士，兄等又是舊交，自當另眼相待。」

眾人均想，李密此舉，翟讓尚且如此，我等直如敝屣。日前魏徵已說，真主已在太原，李密成得何許事！

忽接哨馬來報，隋主派兵來犯。杜如晦道：「這正合時機。日後李密如發兵，那時諸兄各領一支兵隊，直投太原，弟自會安排。」

杜如晦辭了眾人，來到朔州。時值仲冬，雪花飄飄，寒風凜冽。來到一大樹下，見一個打鐵坊，三四人圍住熱烘烘打鐵。樹底下一張桌子，擺着一盤牛肉。一個大漢，坐在橙上，身長九尺，滿臉鬍鬚，臂闊二停，氣宇軒昂。左右坐着兩人，一人執酒壺，一人拿酒碗，斟酒與那大漢。那大漢邊飲邊食，旁若無人。

一連吃了十餘碗，那大漢掀髯大笑道：「人家借錢，向富人借，你兩人反向窮人索取。人家借錢，要債主立據約。你二人竟要借錢人立據，豈不怪事？」

其中一人道：「又不是要兄怎樣，只求你一個帖子，便救了我的性命。」

那大漢道：「既如此說，快拿紙筆來，待我寫了再飲酒，否則醉了，便寫不好。」

二人見說，忙在胸前取出一張紅箋，另一人進屋拿筆及硯，放在桌上。

那大漢道：「怎樣寫法，你唸出來！」

那二人道：「只寫上『尉遲恭支取庫銀五百兩正，大業十二年十一月二日票給。』」

那大漢提起筆來，如命直書。寫完擲筆桌上，哈哈大笑，拿起酒來，一飲而盡，向東而行。

杜如晦趨前相問：「兄台，方才那個大漢，是何許人，你們這般尊敬他？」

一人答道：「他叫尉遲恭，字敬德。孔武有力，能使一根鐵鞭。也讀詩書，不肯輕易出仕。在此開一鐵坊過活。」

杜如晦道：「剛才二兄求他帖兒，為甚麼？」

二人道：「說來話長，不便相告。」杜如晦心想，這人也是一條好漢，尚無人用他，日後可薦唐公。◎

第十一回

見龍在田

劉文靜

卻說當年李靖攜張出塵（紅拂女）及張仲堅（虬髯客）遊至太原，拜見劉文靜。

時李世民正與劉文靜下棋。文靜立即起身，引他三人來見世民。世民見三人器宇不凡，知非常人，便欲結納。虬髯客一見李世民龍鳳之姿，天人之表，立即色如死灰，神情沮喪，知是天命難違。遂與李靖道：「此局全輸矣！明日你攜大妹到我小宅，內有我所有家財，全送與你，日後用以輔助世民建立功業。十年之後，如你聽說東南數千里外，有異象然，便是我立功之秋。你們勿忘遙祝，為我痛飲三杯。」說畢，頭也不回，馳馬而去。

回頭再說杜如晦，李世民每一出師，無不從侍帷幄，籌謀策劃。李世民常以李靖為行軍大元帥，輔以長孫無忌、馬三保等，兵強將勇，每戰必勝。

一次勝後設宴，犒賞三軍。世民乘着酒興，與馬三保軟甲輕衣，雕弓利箭，策馬往北邙山去。李靖囑

咐世民，不可走遠，免生枝節。世民唯唯諾諾而去。

北邙山周圍百里，乃古帝王之陵寢。蒼松古柏，不乏珍禽異獸。李世民來到山中，四顧一回，喟然而歎道：「前代之君王，坐擁百萬雄師，多少英雄氣概。而今止得幾個石人石馬，狐兔為侶，荊棘叢生，寧不唏噓！日後唐家天子，恐亦如是！」

正嗟歎間，忽見一隻白鹿，衝面而來。世民扣弓如滿月，箭去若流星。一箭射去，正中鹿背。那鹿帶箭而走，世民縱馬追去。追趕數里，鹿蹤杳然。世民四下尋覓，不覺來到一處，平川曠野。但見旌旗耀日，戈戟森羅。一座城門，上書「金墉城」三字。

世民道：「這是李密之城。」

三保道：「正是。殿下急回，若彼知之，勢難脫身。」

不料防守軍卒看見，報知李密。李密道：「此必是李世民誘敵之計，不可追趕。」

程咬金趨前道：「主公此時不擒，更待何時？」說完，手提大斧，躍馬而出。叔寶恐咬金有失，隨即趕去。

　　李世民正欲回馬，只見一人飛馬來追，大叫道：「李世民休走！」

　　世民橫槍立馬道：「來者何人？」

　　咬金道：「我便是程咬金，特來捉你。」

　　世民笑道：「量你匹夫，何足為懼！」程咬金輪起雙斧，直取世民。鬥了三十餘回合，槍法開始凌亂，馬三保亦被秦叔寶纏住。世民眼見形勢欠佳，縱馬而走。馳至一座古廟，忙下馬進去躲進神櫃之內。

　　咬金追至古廟，見一馬在旁，知道世民定必躲在廟內。恰好叔寶亦趕至。咬金揭起神櫃布幕，見世民蹲在櫃內，舉起巨斧，照世民頭上砍去。

　　叔寶忽見一條五爪金龍，抓住巨斧。叔寶知是真命之主，如飛搶前，把雙鐧架住巨斧道：「兄弟，你好

莽撞，豈不知唐公與李密同姓，亦曾書禮往來。如若
砍死世民，怎與主公交待？」於是叔寶輕輕扶出世民，
擄他上馬，往金墉城奔去。

　　李密自殺了翟讓，自封魏王。叔寶帶世民至階前，
李密責世民道：「汝父鎮守長安，坐承大統。吾居金墉
城，今又想來暗襲，是何道理？」

　　世民道：「叔父息怒，姪兒只因乘醉捕獵。見來到
墉城，特來拜望叔父，不意叔父見疑。」

　　李密怒道：「你這猾賊！我與你何親，稱吾叔父？
你本欲探吾虛實，從中取事，卻想用甜言哄我。」喝令
武士推出斬之。

　　魏徵忙道：「主公如若斬世民，非安社稷之計。墉
城受禍矣！」

　　密問何故。魏徵道：「其父李淵，兵精糧足，猛將
如雲，謀臣如雨。彼若知主公殺其愛子，必起傾國之
兵，前來復仇，如何得了？」

李密道：「如此說，難道竟放了他？」

魏徵道：「莫若將他監禁於此，使李淵知之。日後見機行事，豈不更好？」李密從之。

李淵得悉世民被囚，欲親提人馬來討李密。劉文靜與李密有郎舅之親，勸李淵先修書具禮，來見李密。不意李密絕不認親，亦將文靜囚於牢中。

忽有流星馬報，開州凱公校尉連同洪州刺史攻打偃師。偃師乃李密屯糧之所，倘若有失，瓦崗危矣！即命程咬金、單雄信、王伯當、羅成等為先鋒，留徐懋功、魏徵及秦叔寶守城，親自領軍，往開州進發。

卻說李世民與劉文靜在牢中，幸虧秦叔寶時常關照，獄官徐立本又善待他們，不致受苦。

一日叔寶與魏徵在徐懋功家中小飲，說起李世民之事。魏徵道：「吾見世民，龍姿鳳眼，真命之主也！」

懋功道：「吾等幾個兄弟，趁他落難之時，先結識他。日後相逢，也好做一番事業。」

魏徵道：「愚見認為，不如明日大家一齊拿酒到牢中，與世民及文靜一敍，未知兩位以為何如？」

叔寶應聲道：「弟正有此心，明早就去。」

明早叔寶備好酒席，三人換了便服來到牢前。小廝報知，獄官徐立本如飛開門，接了進去。引至囚室，與二人相見。世民、文靜各拜謝恩。

懋功道：「非弟等有眼不識泰山，至屈囹圄，實該災厄有數！望殿下與劉兄原宥。今主公提師開州，因此我們進來一敍，冀聆教益。」

魏徵道：「叔寶已設席於僻室，獄官徐立本備酒相候。」

各人就坐，世民道：「承三位先生盛意，弟有何德何能，敢勞如此青睞？吾看獄官亦非久居人下之士，何不借花敬佛，邀來一坐，未知三位願同坐否？」

懋功道：「他原是有志之士，不知為何願居此職！」

魏徵道：「吾也聞他樂善好道，快請他出來。」小

厮請了徐立本出來，叨陪末席。

酒過三巡，徐懋功道：「昔日李密待人，尚有情義。近日所為，一味矜驕，恃才自用。」

懋功與文靜本是舊交，世民與叔寶彼此又有心相交，四人更說得投機。魏徵早已肯定世民為真命天子，亦有心擇主而侍。

話到深處，三人想到怎樣協助世民及文靜逃離囚牢，但苦無良策。

徐立本有心協助世民離開囚牢，對眾人道：「卑職倒有一計，不知三位大人容許卑職參議否？」

徐懋功道：「兄有良策，不妨說來。」

立本道：「請你們備良駒四匹，待我偷偷送殿下及劉文靜出去，我與小女惠媄亦跟隨他們直奔長安。主公回來，三位大人盡推在卑職身上。不知這個做法大人同意否？」

叔寶大喜道：「這真是唐主之福！殿下還朝，父子

重敍。徐兄亦可改投明主。殿下的追風馬，我已養好多時。眼下我即挑選三匹良駒。事不宜遲，不用收拾細軟，便即出發，就此別過，後會有期！」◎

第十二回

瓦崗瓦解

單雄信

卻說李世民等四人，離開金墉城，直奔長安。在路上，世民念叔寶為人，對文靜道：「叔寶情深義重，怎生早歸於我，以慰衷懷？」

文靜道：「叔寶也巴不得歸唐，如今魏徵及懋功皆有意跟隨。然單雄信是義盟之首，誓同生死，安忍背義！」

世民見說，不勝浩歎道：「若然，叔寶終不為我用矣！」

徐立本道：「殿下不必灰心，臣有一計，可使叔寶歸唐。」

世民忙道：「足下有何良策？」

徐立本道：「叔寶雖是武夫，然天生至孝。其母與妻俱住瓦崗。若先仰其母來唐，叔寶必效徐庶之奔曹矣。」

世民道：「好雖好，但有何計？」

徐立本道：「臣昔年曾仕幽州，總管羅藝，與叔寶

是中表之親。今年適值秦母七十大壽，設若羅夫人接秦母往泰安進香，路經此地，何愁她不到長安？」

劉文靜道：「事不宜遲了。」

話猶未了，只見前面塵頭大起，一隊人馬打着大唐旗號，直奔而來。當先一騎，驍將李靖，早已飛一般大呼：「殿下，臣等接駕來遲了！」

世民道：「孤當初不聽先生之言，致有此難。前車之鑒，孤當慎記！」同回宮中，見了唐帝。世民一一表述落難詳情。如今骨肉相敍，彷如隔世，父子不禁涕淚縱橫。

唐帝道：「秦叔寶、徐懋功及魏徵三位恩人，目下雖不能歸唐，朕當鏤刻於心。叔寶先年與朕陌路相逢，救朕全家。現今又保吾兒性命。父子受恩，不知何日得他來，以報萬一！」

世民道：「父皇勿念，兒臣自有良策，使他歸唐。」

唐帝道：「這樣便好。義士徐立本，有功於朝，

該配二品冠帶。其女惠娭，賜與世民為妃，加為一品夫人。」

敕畢，世民遂告唐帝怎樣迎叔寶歸唐之計，唐帝大喜。世民即差李靖、徐立本領二千兵馬，前往瓦崗，先迎秦母。

回說魏公李密大破凱公，班師回來。途經河北，被竇建德伏兵暗算，左臂中箭，大敗而回。又接徐懋功報說獄官徐立本私放李世民、劉文靜，其人亦不知去向。李密大怒，大罵魏徵等三人覺察不力，如同徇私，罪當處斬。虧得賈潤甫及羅成再三勸解告免，權禁南牢。

去秋隋主差王世充來向魏公借糧四萬斛。賈潤甫苦諫不可，絕不可借。魏公不聽，竟許二萬斛。今隋主屬下王世充的債未還，又差蕭銑來借糧五萬斛，如若不允，便派兵廝殺。不意今歲失收，魏公悔不當初。而今唯有將秦叔寶三人赦出，領兵去抗蕭銑。又差潤

甫去王世充處討糧債。

王世充知潤甫來意，叫人傳話道：「這裏缺糧，哪來還債。待來年收割，便還魏公。」賈潤甫明知他背信棄義，遂回報李密。李密怒罵此賊可惡，即興三軍伐罪。程咬金為前軍，中軍單雄信，李密與王伯當居後，向東都進發。

王世充早有哨馬來報，一心想與李密廝拼，又恐他人馬眾多，急切難勝。次日擂鼓聚將，計議禦敵之策。軍師桓法嗣頗有智謀，又懂得旁門邪術，對王世充道：「李密自恃才高，卻把足智多謀的軍師徐懋功調去黎陽；蕭銑乃癬疥之疾，又把忠勇雙全的秦叔寶、羅成調去廝殺。只派魏徵守城。而今單雄信，程咬金統兵前來。我們只要如此如此，這般這般……」附耳告知王世充怎樣部署，各人領命而去。

前軍程咬金來到城下，只見城牆四周，巨木圍繞，木頭尖刺對外，守得固若金湯。

第二軍單雄信也到，命架雲梯炮石，又不能破。攻打半天，無功而還。李密在後結寨，傳令黑夜務必小心，須防劫寨。

金雞報曉，一陣怪風忽起，刮地吹來。只見暗裏走出幾百青面獠牙，高踩撬腳，手持火藥噴筒怪人，高呼：「天兵到了，要命投降。」士兵見了這些數丈之噴火怪人，盡皆驚惶，掉頭就走。這班鬼臉長人，咆哮亂跳。嚇得兩隊人馬，自相踐踏，亂作一團。

忽聽得多人大叫：「拿了李密，拿了李密。」只見一簇兵馬，擁着李密，錦袍金甲，梆在馬背，大聲叫喊：「快來救我，快來救我。」程咬金看見，大吃一驚，對裨將道：「主公已沒，戰也沒用，散罷。」裨將道：「東天也是佛，西天也是佛，散也沒去處，倒不如投降。」便傳主公已沒，情願投降。部下聽得，一齊拋戈棄甲跪倒。程咬金卸去盔甲，掉頭逃走。

單雄信見前面眾兵跪下投降，不知甚麼緣故。飛

馬來報說：「魏公已拿，前軍已盡投降。」

單雄信對褲將道：「魏公既沒，殺也無益，不如衝出去吧。」衝出里許，不提防地下數十把鉤鐮齊舉，把單雄信坐騎拖翻。雄信無奈，只得投降。

此時李密在後軍，正在與眾將計議，只見程咬金馳馬前來。李密怒道：「你為何到此，不在前方廝殺？」

程咬金道：「我軍見賊人拿下主公，面貌與主公無異。軍士無心戀戰，盡皆投降，我只得趕到這裏，幸喜主公無恙。多是賊人使的詭計。」

話猶未了，忽見守墉城的魏徵一騎到來。魏公大駭，忙問：「為甚麼你來這裏，莫不是金墉城失守？」

魏徵道：「昨夜五更，有一起人馬，叫喊開城。燈光之下，見是主公坐在馬上，忙開門出迎。誰知他們一擁而入，把城劫了。幸我乘亂逃出，來報主公。」

哨馬又來報雄信已降，李密跌腳而呼：「而今腹背

受敵，都是自己大意，以至於此。今方寸已亂，如何是好？」

言罷，欲拔劍自刎。伯當急抱李密道：「明公今雖失利，安知不能復興？」李密哽咽半日，才出一聲：「罷，罷！我壯志不居人下，諸君若不嫌棄，隨我到關中歸於唐主，諸君諒亦不失富貴。」眾將齊道：「願隨明公歸唐。」

獨有程咬金跳起來道：「你們去得，我卻萬萬不能！當年李世民身陷南牢，就是我程咬金陷他。不去，不去！」說罷竟一人而去。李密恐耽延有變，也不等秦叔寶、徐懋功等，只帶部下二萬餘人西行，先差人齎表奏知唐帝。◎

第十三回

英雄氣短

李密

唐帝久知李密才略，可招來用，先差大臣來迎。一干人等進入長安，朝見唐帝。諸將拜畢，宣李密上殿，唐帝賜坐道：「賢弟，戰爭勞苦。待吾兒幽州回來，代弟雪仇。」傳旨授李密光祿卿，賜邢國公；王伯當左武衛將軍；賈潤甫右武衛將軍；魏徵為西府記室參軍。其餘將士，各各賜爵。李密等謝恩而出。

　　李密回府，沉思唐帝僅賜爵光祿卿，心有不甘。但自己又不記世民在金墉之時，如何苛待世民！未幾，秦王李世民平西奏凱回朝。唐帝宣李密面諭道：「朕恐世民懷念往事，不利於卿。卿可遠接，以盡人臣之禮。」

　　李密領諾，與王伯當等二十餘人，離了長安，直至幽州。哨馬報說秦王人馬已近，只聽得金鼓喧嘩，炮聲震地。遙見錦衣花帽，戈矛耀日。一眾樂官，迭奏而來。李密只道來者是李世民，忙與眾人分班而立。只見馬上一將，大聲呼道：「吾非秦王，乃長孫無忌也。殿下尚在後面。」李密心中懊恨，明知秦王故意命諸將來羞辱他，如今若待不接，又恐唐帝見怪，若

再去接，又覺羞辱難堪！

　　正悔恨交加，又見一隊人馬列隊而來。一對「迴避」金牌，高高擎起，劍戟森嚴，吆喝之聲漸近。李密暗想必秦王也。忙與眾將躬下身去，只見馬上一人笑道：「吾乃馬三保也。」

　　李密聽見，滿面羞慚，仰天歎道：「大丈夫不能自立，屈於人下，何容於天地之間！」即欲拔劍自刎。

　　王伯當急止道：「主公何此短見！文王囚於羑里，勾踐辱於會稽，終成大業。主公還當忍耐，徐圖後事。」

　　正說話間，前面捲起一面黃旗，繡着「秦王」二字。一隊人馬，五色繡旗，寶駕雕鞍，輝煌眩目。秦王冠帶蟒服，高坐幔中。李密看得真切，如飛向前俯伏道：「臣有失遠迎，望殿下恕罪！」

　　秦王見了李密，不覺怒髮衝冠，手持雕弓，搭上一箭，扯滿弓弦，欲待一射。嚇得王伯當等面如土色。秦王到底人君度量，收起了箭，指着李密道：「匹夫也知有今日！本待射你一箭，以報縲絏之仇。只道我不能容

物，且饒你一命！」秦王曉得李密來接，故以此法辱他。

秦王回朝拜見了唐帝，問帝道：「為甚麼有恩於臣的幾個反而不見？」

唐帝道：「魏徵已在這裏，聞說有病，今在西府辦事。」

秦王求賢若渴，忙去西府。魏徵原沒有病，今聞秦王到來，如飛出來，拜伏於地道：「臣偶抱微恙，不能遠接，乞殿下恕罪。」

秦王一把抱起道：「先生與孤，不比他人，何須行此禮？」

魏徵道：「魏公失勢來投，望殿下海涵，勿念前愆。」

秦王道：「孤承先生厚愛，日夜德佩於心。李密匹夫，少不免有殺他之日。」

因問為何不見叔寶及懋功，魏徵道：「懋功尚守黎陽，叔寶往征蕭銑未返。魏公此來，亦未曾知會他們。」

秦王又問那粗莽漢子程咬金。魏徵道：「他昔日開罪殿下，故不敢來。」

且說程咬金到了瓦崗，卻不見母親。忙問尤俊達。俊達道：「令堂陪秦伯母進香，不料被世民迎入長安去了。」

　　咬金笑道：「大哥，莫來耍我。」

　　俊達道：「我何曾說謊過？他們原只迎秦伯母去，誰知令堂也說要去走走，弟再三阻住，她也不依。因此弟囑連巨真同去。前日連兄回來，說令堂與秦伯母甚是平安。」程咬金神情沮喪，只得望長安而去。

　　到得長安，投帖秦王。秦王知道程咬金到來，傳令將士，束裝威武，排列森嚴。三通鼓奏，秦王升殿。守門官報道：「傳魏犯程咬金進。」

　　秦王上坐，只見一個赤條條大漢，氣昂昂走將進來。秦王仔細一看，認得是他，不覺怒氣填胸，鬚眉直豎，擊桌喝道：「大膽賊子，今日自來送死。可記得當日幾乎被你一斧砍死。今日不把你鍋烹刀碟，難消此恨！」

　　程咬金哈哈大笑道：「大丈夫恩不忘報，怨必求明！我若怕死，就不進長安來，要砍就砍，何須動氣！

快快把我娘叫來，見上一面。這顆頭顱便交給你。」

秦王道：「奸賊還這口硬。傳令軍士，領他去見程母，回來受刑！」

原來秦母與程母同居一大宅。秦王待之甚厚。又安排侍僕十數人照顧起居飲食，每月還有幣帛饋贈。秦母與程母，均蒙其恩。

程咬金見過母親及秦母，秦母道：「當時秦王要我兒歸唐，故來迎我。不意你母親一番美意，陪我出寨。今魏公已降唐，我兒早晚亦至。你且留下，待我去見秦王，求他寬宥。」

正說話間，見一差官同三校尉，手托冠帶袍服，呼道：「殿下有旨，恕程咬金無罪，立即着上冠帶來見。」

程母見悅，跪拜於地，對天叩首道：「願殿下一統天下，萬壽無疆。」引得眾人大笑。

程咬金穿好衣服，便要拜辭母親及秦母，程母止住道：「且慢拜我們，快去西府叩謝秦王。這樣寬恩大度的明主，你須盡忠去報。」咬金不敢違命，飛快跟了

差官而去。

差官引程咬金於階前，只見秦王踱將出來。咬金如飛跪下道：「臣有眼無珠，以致當年不識英雄之主。今雖蒙恩，慚愧無地。」

秦王自下階攙他起來道：「剛才試君之意耳。孤知卿乃忠直之士，願卿將來事唐如事魏足矣！」咬金道：「臣蒙殿下豢母隆恩，敢不捐軀以報！」

秦王問可曾見叔寶、懋功，咬金道：「臣知懋功在黎陽，叔寶征蕭銑未返。臣感殿下鴻恩，待臣趕去招徠。未知殿下可容臣去否？」

秦王大喜道：「孤有何不准？但你須見過聖上，看聖旨如何。」

咬金辭了秦王，來見唐帝。唐帝見他相貌魁梧，言語爽直，即賜他為虎翼大將軍，所奏事宜，悉聽秦王之命。咬金謝恩出朝，拜別老母及秦母，束裝起行。

且說李密自被秦王羞辱之後，憂形於色，坐立不安。左右報咬金來唐，指望他來探望。豈知竟不見來，

心中氣悶，對伯當道：「咬金是孤舊臣，已到了長安兩三日，竟不來看孤一面。人情之薄，一至於此！我們在此悶坐，有何出頭之日！」

諸將見李密有去志，大家相議道：「徐懋功在黎陽，叔寶想已平定蕭銑，雄信諸人在洛，明公還有可為，何苦受人閒氣！」

王伯當道：「正當如此。」

李密道：「明日奏知唐主，只說要往山東收集舊時部曲來歸，稍後便回。唐帝定當恩准，事不宜遲，收拾行裝，明早出城。」

賈潤甫道：「此事不妥。唐帝待明公甚厚。一旦知吾等叛逆，誰復能容？為明公計，不若安守，以策萬全。」

李密怒道：「卿乃吾心腹，何出此言！不同心者，當斬而後行。」欲拔劍殺之。

王伯當等力勸，李密怒道：「且饒你一命。我們事不宜遲，收拾行裝器械，即離長安。」一眾六十餘人，

不待天明，亦不報唐帝，匆匆出門北去。

　　門軍報知秦王，說李密攜同六十餘人，離城北去。秦王大怒，即欲遣兵追擒。劉文靜道：「何必動兵，只消發虎牌傳諭各地總管，截擒諸人。若李密領眾過關，必生擒正法。」

　　李密率領眾人，到了桃林。縣府見這些人乘夜穿城而過，心中疑惑。便着軍士盤查。

　　李密手下諸將，原是強盜出身，野性不改。見小小縣府，盤查嚴謹，心有不甘，登時性起，拔出刀來砍殺門軍，一擁進城。又見囊資空虛，順便把倉庫劫掠一空，揚長而去。

　　李密以為官兵必截於大路，於是走山路而去。至熊耳山下，路旁高山，下臨深溪。李密與王伯當策馬先走。此時山上樹林伏兵，箭如飛蝗，射將下來。萬箭齊發，李密等進退不能。溪中又有伏兵，諸人走投無路，全死於亂箭之下。伏兵斬下李密及王伯當首級，奏報唐帝。唐帝大喜，命將二人首級懸於城門。◎

第十四回

魏將歸唐

徐懋功

魏徵一見李密與王伯當首級，悲慟難安，垂淚對秦王道：「為臣當忠，交友當義。臣思昔日與魏公及伯當有刎頸之交，不意魏公自矜己能，歸唐負德，今暴屍荒山。臣意欲求殿下寬假一月，尋屍安葬，望殿下慈恩。」

秦王道：「孤正欲與先生朝談夕論，豈可為此匹夫而離左右？」

魏徵道：「非此論也。臣報殿下之日長，報魏公只此一事而已。昔漢高祖與項羽鏖戰多年，項羽自刎於烏江，高祖猶以王室之禮葬之。殿下宜奏請朝廷，赦其眷屬。如此不特魏之將帥，傾心來歸。即他國之士，亦望風歸順。願殿下明察。」

秦王道：「容孤思之。」

次日，秦王即將魏徵之言，奏知唐帝，帝亦稱善。即發赦敕一道：「凡是李密、王伯當妻孥，以及魏之逃亡將士，赦其無罪，地方官毋得查緝。」魏徵得此赦敕，整裝出發。

且說徐懋功在黎陽，聞魏公兵敗投唐，逆料李密為人，決不能終。叔寶殺退蕭銑，道經黎陽，懋功早差人接着，訴說魏公之事。叔寶跌足道：「魏公投唐，難道從亡諸臣，竟無一人進言，道其利弊？」

　　懋功道：「魏公自恃才高，臣下之言總不肯聽。」

　　叔寶道：「家母三月未有消息，未知何故？」

　　懋功道：「弟正忘了。令堂一家被秦王迎入長安矣。」

　　叔寶神色頓變，急道：「這是甚麼話來？」

　　懋功道：「連巨真親送令堂去的，他已回瓦崗，我和你等同去問個明白。」遂同去瓦崗。

　　尤俊達、連巨真見了，叔寶就問：「秦王怎迎的？」連巨真道：「秦大哥，你且莫問，先看令堂手札，然後敍話。」

　　只見連巨真取出兩札來，一封秦母，一封劉文靜，遞與叔寶。叔寶接過，先打開母親信札，上書「瓊兒手拆」，應是他人代筆。

叔寶見札，說話一如母親平日語氣，不覺淚下。從頭到尾看了一遍，又看過劉文靜信札，問連巨真道：「兄長住長安幾日？」

巨真道：「住了四五日。秦王每隔一日，便差人到府問安。弟臨行時，令堂再三叮囑，如兄回金墉城，即收拾歸唐。」

叔寶又問：「程咬金往何處了？」

巨真道：「他起初不肯歸唐，後來知道母親在長安，連夜去了。」

叔寶思前想後，不知何去何從，內心忐忑不安，求問懋功怎生處理。

懋功道：「若論伯母在彼，吾兄應急速而行；若論時勢，則又不然。魏公投唐，終不能久。況秦王已歸，早晚必變。俟大局已定，再決去留，方為萬全之策。」叔寶深以為然。

過了幾日，叔寶心煩意悶，拉懋功往郊外打獵。只

見一隊素車白馬前來，定睛一看，見是魏徵。大家下馬，就在草地上拜見。叔寶忙問：「兄為何如此裝束？」

魏徵道：「兄等還不知魏公與伯當兄已作故人乎！」叔寶見說，呼天大哭，懋功也淚如泉湧。

叔寶問魏徵：「魏公與伯當為何身故？」

魏徵道：「一言難盡。」於是魏徵把魏公投唐始末，細說一遍。

叔寶道：「不出懋功所料。如今兄又為何到此？」

魏徵道：「弟在秦王西府，聞魏公之變，心如刀割。向秦王告假，找尋兩人屍骸安葬。後來在熊耳山道找到，只見二人，身無寸甲，箭痕累累，盡為血裹。英雄至此，無不心酸。弟買二棺，草草入殮。但兩顆首級，尚懸長安城頭。怎樣取亦未有頭緒！」

懋功道：「這個包在我身上。」

懋功又道：「我們兄弟，曾誓生死，如同桃園結義，禍福同當。若有志氣，還要建功立業。天下除秦王外，

並無其他去處。大家意下如何？」

叔寶諸人齊道：「軍師此言甚是。」

魏徵忙道：「唐帝隆恩，恐途中官府有阻，賜弟赦敕一道：「凡魏諸臣，諭令請同歸唐，即便擢用。」說完，忙取赦文一道，大家看了。

懋功道：「我今夜整治行裝，明日往長安。此去不知是禍是福。況且此地前有鄭王王世充，後有夏王竇建德。諒此彈丸之地，亦難死守。今煩副將王薄，將倉庫餉銀，分予軍士。眾軍士盡皆縞素，擇日前往熊州殯葬魏公。」眾人維諾。

不一日，徐懋功來到長安，扮作書生模樣，來到城頭。見雙竿豎起兩顆頭顱，心如刀割，翹首拜了四拜，手捧雙竿，放聲大哭。驚動門軍，上前拿住，押往朝門。

唐帝聽門官奏說，有人抱竿而哭，天威大怒，叫綁將進來，命令俯伏於地。

唐帝問道：「你是李密何人？這般大膽，抱竿而

哭？如不直言，斬訖報來。」

徐懋功高聲奏道：「啟稟陛下，聽吾一言。昔東晉王經之死，向雄哭於東市；後雄收葬鍾會之屍，文帝未有加罪。今李密、王伯當，王誅既加，於法已備。今臣感君臣之義，向竿弔哭，諒堯舜之主，亦所當容。若陛下仇枯骨而罪哭臣，將來賢者豈敢來歸？」

唐帝見說，龍顏頓轉，便道：「你姓甚名誰？」

徐懋功道：「臣徐懋功。」

唐帝笑道：「原來是世民恩人，你何不早說？朕日夜思念你等。卿請起來，衣冠朝見。」即赦旨叫軍衛把首級放下。

懋功又道：「既蒙皇恩，求陛下以首級賜臣，臣將以禮葬之。如此，不特徐懋功一人感戴陛下，即魏諸將，無不共事陛下矣。」

唐帝大悅，即命書寫赦旨一道，李密仍以原官品級，以禮葬之。並對懋功道：「世民望卿如歲，安葬完

121

畢，速去速回。」懋功謝恩出朝，將二公首級，用小棺盛載，連夜離長安，朝熊州而去。

魏徵返唐覆命，對秦王說：「二公屍體已尋得，秦瓊等正料理喪事。臣今尚要前往祭奠，事畢後同事陛下，懇請賜准。」秦王唯諾。

程咬金自辭了秦王，不一日來到瓦崗，見了賈潤甫。潤甫道：「側聞魏公與伯當遇難，叔寶等都到熊耳山殯葬魏公。」

咬金聽了，不禁淚灑沾衣，道：「魏公邇來性情大變，自取滅亡。為何無人諫他？」

潤甫道：「我也不知該如何說！弟當夜已道此行不妥，再三勸止無效。魏公反說弟不同心，登時變臉，欲加害於弟，幸伯當勸阻。」

咬金道：「兄今投何處？」潤甫歎道：「弟事魏無成，安望何投？求一山水之間，畢此餘生。望兄振翼鵬程，毋以弟為念。」舉手一拱，馳馬而去。

未及半月，已到熊耳山。早有許多白衣白甲軍士在此。魏徵、徐懋功與秦叔寶接見，引至墓門，見門外供着一個金字牌位，上寫「唐故光祿卿邢國公李諱密之位」。另外側首一牌上寫「唐故右衛大將軍王諱伯當之位」。懋功從小箱取出首級，縫上屍身，眾人無不涕淚縱橫。

　　祭奠已畢，魏徵率領眾將及軍士前往長安。

　　到了長安，先進西府，謁了秦王。秦王率眾朝見唐帝。唐帝大喜，即授徐懋功為左武衛大將軍，秦叔寶為右武衛大將軍，羅成為馬軍總管，尤俊達為左三統軍，連巨真為右四統軍，王薄為馬步總管。◎

第十五回

計賺敬德

尉遲敬德

自眾魏將歸唐後，其勢大盛。其時隋亡失國，據地稱王者不下二三十處，盡多草澤英雄。其中聲勢浩大者，計有關中唐帝李淵，河南鄭王王世充，河北夏王竇建德，成三足鼎立之勢。

其時，邊陲劉武周率兵圍攻晉陽。晉陽乃中原咽喉之所，不容有失。唐帝急召羣臣商議，徐懋功道：「臣等願效犬馬之勞，掃除武周。」

唐帝道：「朕知卿足智多謀，只恨武周一員將領，名尉遲恭，字敬德，驍勇絕倫，難以匹敵。」

秦叔寶俯伏奏道：「臣願領兵三千，趕去晉陽，誓殺此賊。」

唐帝道：「恩卿肯去，必能奏功，朕何憂焉！」即敕徐為討虜大元帥，秦為討虜大將軍，望晉陽而去。

卻說定陽劉武周，居於北方，今欲結連突厥曷娑那可汗，來犯中原。秦王一面命總管劉世讓齎禮往謁曷娑那可汗，意在結交；一面又命徐懋功出師前往晉陽與劉武周交戰。

大軍對壘於柏壁關，秦叔寶與尉遲敬德交戰了四五十回合，勝負未分。主帥宋金剛因尉遲敬德勝不了秦叔寶，疑有私心，着人督戰。尉遲敬德又急又憤，只得再下關來與叔寶戰了百餘合，殺個平手。

　　秦王在陣前觀戰，甚愛惜叔寶，又捨不得敬德。日色已暮，恐怕有失，秦王便着鳴金收兵，二將歸寨。

　　秦叔寶殺得性起，哪肯罷休！是夜便叫軍士燃點火把，如同白晝，挑燈夜戰。

　　拍馬來到陣前，大呼：「匹夫，有膽敢出來夜戰！」

　　敬德在城頭大叫：「奸賊休走！」忙開城門，馳馬奔出。

　　來到陣前，叔寶揮鐧指着敬德道：「今夜若殺你不得，誓不回營！」

　　敬德揮鞭回敬道：「我今夜不砍你的頭，勢不還寨！」

　　大家抖擻精神，鐧來鞭往，又戰了百多回合，仍未分勝負。

　　敬德殺得性起，跳下馬來，卸去盔甲，露出渾身突

筋，赤體提鞭，指着叔寶道：「你我武鬥多時，大家手段已見。你敢與我文鬥麼？」

叔寶問道：「文鬥又是怎樣？」

敬德道：「文鬥是你先受我三鞭，然後我受你三鐧，以定強弱，此為文鬥。」

叔寶大笑道：「你一個大人，說這孩子話！人的皮肉，受三鞭已經差不多死了，哪能再鬥？現地上有兩塊大蠻石，差不多大小。看誰三下打碎便勝，豈非更好。」敬德聽叔寶如此說，甚覺有理，忙點頭說好。

叔寶於是飛身下馬，道：「你的兵器多重？」

敬德說：「我的鞭重一百二十斤。」

叔寶道：「我的鐧每條重六十四斤，兩條算起來大家差不多重。」

敬德說：「我們不如交換兵器，我用你雙鐧，你用我鞭，大家分別擊石，石破便贏。若是你輸，你歸降定陽。若是我輸，降你唐朝。只打三下，看誰強誰弱。」

敬德把鞭遞與叔寶。叔寶也把雙鐧與他。敬德鼓

起筋肌，雙手持鐧，振起雙臂，圓睜怒目，猛力往石頭打去。

轟的一響，火花四濺，石頭卻紋絲不動。盡力再打一下，石上陷得二三寸。敬德有些心慌，第三下出盡平生之力，打將下去。只見石頭轟然裂開，分作兩半。敬德笑道：「如何？」

叔寶捲起袍袖，看着蠻石對天默禱：「蒼天在上，我秦瓊與此胡奴比武，願託天子洪福，不消三下，此石即開。」

舉起單鞭，猛力一擊，石已露痕；再來一下，蠻石已作兩半。叔寶笑道：「如何？你三下，我兩鞭，算是你輸。」

敬德不忿道：「我的兵器狠，你的鐧輕。」

正爭論間，只見四五小卒捧一壇酒，一盤牛肉，跪在面前說：「殿下恐二位將軍用力太多，送上好酒增強神力。」

敬德道：「誰要吃你家的肉，我們再打。」兩人換

回兵器，再上馬時，只聽唐營鳴金一響，叔寶只得撥馬回寨。

　　敬德回營。有小卒把陣前賭賽之事，說與宋金剛知。金剛怒道：「豈可陣前賭勝飲酒，如此戲耍，分明私通！」

　　即奏知劉武周。武周大怒，忙叫左右把尉遲敬德斬訖報來。左右再三求免，於是貶敬德看守介休粮草。

　　懋功打聽得敬德被貶，便派羅成及王薄先赴介休。

　　敬德滿懷悲憤，前往介休守糧。時已入暮，敬德不解衣甲，鎮守營中。忽聞軍中來報有賊劫糧，於是提鞭上馬，見一隊兵馬，為首一將道：「我乃大唐徐元帥手下大將王薄，奉元帥令來取你家糧草。」

　　敬德道：「潑賊，你認得爺爺嗎？」

　　王薄笑道：「我老爺怎不認得你這潑賊！」

　　敬德大怒，舉鞭來劈，王薄拿槍來迎。戰了六七回合，王薄敗走，敬德追趕不放。

　　王薄只顧飛馳，敬德追了二三十里。只聽得後面霹靂之聲，回頭一看，只見營寨一片火光。忙勒馬回

去，幾千石糧米，萬餘束草糧，盡皆燒毀。

原來懋功吩咐王薄先引開敬德，羅成便放火燒糧。秦王大軍隨後圍城。敬德被困城中，秦王派人遊說敬德歸唐，敬德回道：「若劉武周死，我方事他人。」

秦王聽了，心中煩悶。忽報總管劉世讓回來，並獻上劉武周及宋金剛首級。

秦王又驚又喜，問道：「此物怎樣得來？」

世讓道：「臣奉命賷禮前往謁見曷娑那可汗。遊說他不要與劉武周聯手。他正惱恨劉武周私自先行，所破郡縣，子女玉帛，盡他取去。後他兵敗來投曷娑那可汗。可汗大怒，用計殺了他二人，叫臣賷首級來獻與朝廷。」

秦王聽了，以手加額道：「天賜我也！」即厚賞劉世讓，並派人送兩首級與尉遲敬德看。

敬德看了首級，號天大慟，備禮祭獻，遂開城降唐。秦王一見，愛敬如賓，即致奏章，以報捷音。唐帝大喜，即賜尉遲敬德為左府統將軍。◎

第十六回

割袍斷義

唐三藏

秦王滅了劉武周，降了尉遲敬德，軍威日盛。懋功對秦王道：「王世充自滅了魏公之後，聲勢今非昔比。殿下若不除之，日後更難收拾。當先去其爪牙，絕其糧餉。迫使外無援手，內難守禦。譬如巨螯，先斷其足，鉗雖利害，何以橫行！」秦王稱善，把兵符悉付懋功。

秦王統領一班將士開進河南，與李靖會師於鴻溝。秦王問李靖：「未知世充虛實如何？」

李靖道：「臣已差人打聽，他們已知我大唐統兵來征，盡遣弟兄子姪把守各州郡，日夜巡邏。」

秦王笑道：「愚哉世充！焉有國家功業，一門佔盡。其子弟盡皆智賢乎？吾立見其敗矣！」遂督將士，直趨洛陽。

王世充點兵二萬與唐軍對陣，結寨於谷水。秦王與諸將道：「臨水結陣，是怕我軍衝突，其志已餒。」即命叔寶、敬德帶軍衝入世充前陣。自己領程咬金、羅

成等數十精騎抄到世充背後。前軍殺得鄭軍大敗，斬首七千餘而回。

卻說秦王策馬圍抄鄭軍後方，恰遇單雄信領軍飛馳前來。程咬金見敵方人多勢眾，難以匹敵，忙語世民道：「主公，我與羅成等纏住賊兵。你飛馬回營。」

單雄信見李世民獨自從小路抄走，他熟識地勢，撥轉馬頭，另抄小路去追秦王。秦王慌不擇路，見前面有一溪澗，名「斷魂澗」。眼看前無去路，後有追兵，世民心想莫非要畢命於此！

忽聽後邊一員猛將飛馳而來，高聲叫道：「單二哥，勿傷吾主，徐懋功在此。」隨即以手示意秦王急離此地。

懋功忙下馬上前，扯住雄信衣襟道：「單二哥別來無恙？前在魏公處，朝夕相依，多蒙教誨，深感誼厚。今日一見，弟正有要言與兄商量，幸勿窘迫吾主。」

單雄信見是懋功，下馬說道：「昔日與君相聚，即

為兄弟。如今各事其主，即為仇敵。」

懋功道：「二哥不記得昔日焚香結拜乎？我主即你主也，兄何不情之甚！」

雄信道：「此乃大是大非，何敢徇私。此刻弟不忍加刃於兄，已盡結拜之誼。何必再費唇舌？」隨即拔刀割袍，以示斷義，上馬加鞭，追趕秦王。

懋功見時勢危急，飛馬回營。大呼諸將，主公有難！

秦王轉出山坳，望見一座古廟，心想：「既有此廟，何不進去躲躲？」遂躍馬前往。

下馬入內，只見一僧，寶相尊嚴，佛光護體，盤膝而坐，雙手合什道：「阿彌陀佛，施主勿驚，請速到貧僧身後，待災星過，救星便來。」秦王聽了，連忙走到僧後，抱膝而坐。但見一團寶光，籠罩秦王。

單雄信追至門口，下馬進廟。四處搜索，見空廟一間，來回尋找，櫃下房間，不見蹤影，滿腹疑惑，惟

有悻悻離廟。

　　秦王知道遇上高人，趨前跪道：「蒙聖僧救護，孤回太原，定當重修廟宇，以報大恩。請問聖僧法號？」

　　僧道：「貧僧三藏。廟宇何需重修，天下需汝治平。贈你偈言兩句：『建業存德，治世宜孝。』但願爾日後能做個好皇帝！」隨即入定去了。

　　秦王出廟，只見敬德飛馬前來，見秦王無恙，說道：「殿下可曾受驚？」

　　秦王道：「幸好，幸好。」

　　隨即詢問戰況，敬德道：「李靖與叔寶殺得賊人不敢出城，賊王轄下諸郡，盡歸殿下矣！」◎

第十七回

卞莊刺虎

竇建德

春秋時，魯國勇士卞莊欲刺雙虎。有童子制止，曰：「先給牛虎吃。牛肉甘美，兩虎必爭。鬥則大者傷，小者亡。這樣刺傷虎又不需大氣力，一舉兩得矣。」

秦王欲得天下，必先除兩虎：河南鄭王王世充、河北夏王竇建德。

秦王雖聲勢浩大，急切間亦難成事。不意世充將扼要之地，盡託膏粱弟子，致有今日之敗。

時鄭王轄下二十五州縣，盡已降唐。只餘虎牢與千金堡兩咽喉之地，如不獲取，所得之州郡亦難以據守。徐懋功先遣羅成破千金堡，再派王薄改扮鄭國旗號，夜間進虎牢城，兩個咽喉之地，俱為唐軍佔領。

王世充只得坐困愁城洛陽。無可奈何之下，只得齎了金帛，着長孫安世去求助於夏王竇建德。

長孫安世奉世充之命，齎了許多金帛，來到樂壽。先將寶物饋遺諸將。諸將領惠，獨祭酒凌敬不肯收，大將曹旦亦差人把禮物璧還。

次日，長孫安世來見夏王，呈上文書金帛。夏王

道：「鄰邦求援，理當應命。但我與唐王素來修好，豈可無端起兵！」

安世道：「鄭夏唇齒之邦，唇亡而齒寒。今不救鄭，鄭必滅亡。鄭亡恐夏亦隨之！冀望夏王起兵解洛陽之困。敝主必以一半州郡送與夏王，願夏王即日起兵，萬幸萬幸。」

夏王道：「足下且退，容孤思之。」

夏王與眾卿計議。夏將俱收王世充金帛，都搶着說：「唐若破鄭，必來攻夏。夏亦獨力難支。不如發兵救鄭，倘能勝唐，威名在我，乘機圖事，關中可取，天下可平。」說得建德鼓掌稱快。

凌敬道：「主公如欲發兵救鄭，臣以為不可。臣認為唐兵俱在洛陽，關中空虛。如出師關中，唐必引兵救援，鄭圍自解。而主公或亦可取關中，此乃圍魏救趙之策，望主公明察。」

諸將辯道：「自古救人如救火。若依凌公所言，發兵迂迴北上，曠日持久，鄭國早亡矣。鄭亡而我夏便

危。萬一唐兵破了鄭國，拿了王世充，只道主公失信於天下矣。」建德道：「孤自有主張。」

眾臣退下，屏後夏后出來說道：「眾臣議論皆非，獨凌祭酒之計甚妙，陛下宜從之。」

建德道：「此迂濶之論，主公自有主裁，毋勞國后費心。」

次日長孫安世又來哀求，夏王便差曹旦為先鋒，起兵十萬，望虎牢進發。

早有細作報知秦王，諸將恐腹背受敵，深以為憂，獨秦王會心微笑。

李靖亦笑道：「不意殿下此次出師，竟可一箭雙鵰。」

秦王道：「知我心者，莫藥師也！」

李靖道：「夏如進兵，我軍兵分兩路，一軍依舊圍困洛陽。另一軍據守成皋。夏軍勞師遠征，我軍以逸待勞，可一舉而擒建德也。建德既破。世充必自縛麾下矣！」

秦王聽了大喜道：「卿言甚獲我心。須賴將軍統謀籌策。」

李靖道：「不須殿下費心。」

秦王帶叔寶與敬德二將，統領五千玄甲兵士，直趨虎牢，與懋功大軍會合。其餘將士屯駐洛陽。

懋功見世民率領兩員大將到達，說道：「破賊必矣。」

秦王道：「聞說夏兵十萬前來，未知真假？」

懋功道：「賊兵多少不必問，臣今夜只消三千兵馬，便嚇得他一個心膽俱寒。」李靖耳語秦王，秦王鼓掌道：「妙！」

懋功取一令箭。對羅成道：「你領一千人馬，往鵲山埋伏。錦囊一封，依法行事。」

又取令箭一支、錦囊一封對叔寶道：「你領兵一千，到汜水山坡埋伏，依法行事。」

又取令箭一支、錦囊一封對敬德道：「你領兵一千埋伏在虎牢。依法行事。」三將領命而去。

羅成拆開錦囊，吩咐帶軍往鵲山高處埋伏。每一士兵，備紅燈一盞、銅鈴一個。聽中軍發出訊號，高舉紅燈，猛搖銅鈴，攜火槍衝陣。

叔寶拆開錦囊，吩咐帶軍到汜水山坡埋伏。每一士兵，各帶火球及銅鑼一個，聽到訊號，便即殺出，拋擲火球，狂敲銅鑼。會合火槍紅光，四面衝殺。

卻說夏軍先鋒曹旦，到了虎牢。每日到唐寨搦戰，但無人應戰。只道唐軍知道他們大軍到來，不敢出戰。是夜方解甲就睡，只聞一聲巨響，殺聲震天，敬德領一彪人馬衝入寨來，東衝西突。嚇得曹軍兵慌馬亂，被敬德殺到鵲山。

忽聞第二聲巨響，只見羅成兵馬，在鵲山居高臨下。像天兵一樣，紅燈處處，鈴聲叮叮，彷彿幾千人馬，四圍衝殺。殺得夏軍往汜水而逃。

又聽到一聲巨響，無數火球，從天飛將下來。銅鑼聲聲如炮響，火球熱熱勝滾油。只聽得一員大將，高聲喝道：「識得你爺爺秦叔寶沒有？」

曹旦兵馬，心膽俱裂，被殺得落花流水，屍橫遍野。十萬兵馬，四處亂竄。正高興時，唐陣鳴金，眾軍只得勒馬回營。

次日秦王和徐懋功，在寨中大排筵席，慶賀首戰大捷。檢點兵馬，竟不曾傷失一人。

徐懋功道：「昨宵一戰，只不過給夏軍一個下馬威，讓他們知道唐軍厲害。明日一仗，成敗在此一舉，各將宜早休息，明早再殺夏軍一個措手不及。」

曹旦營寨被劫，軍心散亂。竇建德改派曹旦為中軍，派王琬為先鋒，沿汜水到鵲山，紮營二十多里，兵威似見仍盛。

秦王和懋功立馬高丘視察形勢。懋功道：「賊兵勞師襲遠，身心疲累。今看結陣，部伍不整，紀律不嚴。速攻立破，毋用躊躇也。」

秦王大喜。即命唐將王薄、羅成攻殺前軍。叔寶、敬德領軍從夏軍背後殺入。中路李靖率領大軍，衝殺主寨。遂命三軍於黎明未亮前，敵軍正在做飯時，殺

他一個措手不及。眾將領命而去。

　　天還未亮，三路大軍朝敵營進發。數萬唐軍分前中後三方夾擊。夏軍將士幾乎來不及披甲，四處奔逃。被唐兵追殺三十餘里，斬首萬餘。

　　夏王竇建德如夢初醒。只知無數敵軍已衝入營寨，立即穿起金甲，策馬便想奔回樂壽。護駕將士，早已逃得無影無蹤。

　　他策馬路經水渚，蘆葦茂密，又見唐軍處處，惟有潛身蘆葦，以圖機會。

　　他策馬藏於蘆葦之中。誰知金甲閃亮，羅成縱馬趕到，舉槊搠去。建德大叫道：「我是夏王，將軍若能相救，平分河北，共享富貴。」

　　羅成道：「只要出來，我等救你。」建德走將出來，便即被羅成綁縛，簇擁回寨。

　　秦王在寨，聽說拿得夏王，不以為然。及至見到建德，秦王笑道：「我自征討王世充，與你何干！你卻越境犯我，此為何故？」建德垂首不語。秦王笑了一

笑，吩咐監在後寨。

此仗殺得夏軍全軍盡墨，俘虜五萬餘人。秦王對懋功道：「我在這裏整頓軍馬，你帶軍隊連同俘虜去樂壽。先安撫郡縣，然後收拾夏國圖籍，再來洛陽會合。」懋功領命而去。

到了樂壽，懋功傳令王薄，所有軍士，不得妄戮一人、不得擾攘百姓，違者立斬。隨即安撫黎庶，開倉賑濟窮民。治理得井井有條，秋毫無犯。百姓雖然失國，然新主愛民如子，喜出望外，如沐天恩。

懋功來到建德宮中，只見朝堂一紅袍官員，向西縊死樑上，粉牆留下絕句一首：

幾年肝膽奉辛勤，一著全輸事業傾。
早向泉台報知己，青山何處弔孤魂。

夏凌敬絕筆

懋功看後，不勝浩歎。◎

第十八回

兄弟鬩牆

王世充

且說王世充困守孤城，被李靖兵馬圍得水泄不通。糧食短缺，神倦力疲。大半軍士已無鬥志，都想獻城投降，獨單雄信堅守南門。

　　一日黃昏時候，一隊兵馬，打着夏軍旗號，來到城邊，高聲喊道：「快快開門，我們是夏王差來的勇安公主，趕來增援。」雄信在城頭一望，只道是竇建德女兒，一面差人報知王世充，隨領守將開城迎接。豈知是柴紹夫妻，統領娘子軍來到洛陽，會合李靖，扮作勇安公主，騙開城門。大軍擁入，擒了雄信，捉住世充，將王世充家小，盡行綁縛，押上囚車。一面曉諭安民，一面收拾圖籍。

　　次日，秦王率領玄甲衛兵到達城下，李靖等諸將並同百姓，扶老攜幼，迎接入城。自始兩虎已除，天下一統，但李世民登基仍須大費周章。

　　李淵自稱帝後，便立長子建成為太子。後來發覺建成性惰態傲，耽酒漁色，並非保國安民和濟世之材。之後見世民東征西討，屢立戰功，且納言容物，眾仕

所歸。優柔寡斷的李淵，有心改立世民為太子，但遭世民辭卻。

一次李淵帶三子騎馬圍獵，看誰射獵最多以定勝負。建成帶了一匹胡馬，膘肥壯健，贈與世民道：「此馬日行千里，可飛越數丈溪澗，二弟騎術精湛，可試騎之。」世民飛身上馬，胡馬即時跳起後腳，意欲拋世民落馬，如此再三。世民既驚且怒，待馬稍靜，急離馬鞍，策回己馬。心中難免懷疑建成有意害他。

武德七年，建成涉嫌指使楊文幹造反，遭李淵軟禁。李淵又怕父子反目，語世民道：「若能巧妙處理危機，不令父子反目，朕答應立你為太子，降建成為蜀王。」李世民適當處理之後，李淵又改變初衷，食言於後，更讓建成回京。兄弟關係越來越劣。

一日送葬，在普救禪院設靈，喪心病狂的建成及元吉，擺下筵席，假獻恩勤，以鴆酒相勸秦王。秦王剛飲半杯，忽然樑上燕語呢喃，飛鳴半空，遺穢杯中，沾污秦王袍服。秦王起身更衣，發覺心腹絞痛，急忙回府，

終宵泄瀉，嘔血數升。

翌日，唐帝聞知，駕幸西宮，執世民之手道：「我兒從無此疾，莫非此中有故？」世民垂淚細述送葬之事。唐帝喟然道：「朕昔年首建大業，削平海內，皆汝之功。當時原欲立汝為嗣，汝又固辭。今建成為嗣日久，朕不忍癈之。汝兄弟似不相容，如若同處京師，必有爭執。我決意國分兩都，汝居洛陽，建成居長安。我仍命汝建天子旗號也。」

秦王眷屬臣將，聽帝此言，無不雀躍。建成等得悉，只道此心頭之恨一去，可以在長安安枕無憂。

去報元吉。元吉聽了跌腳道：「罷了，此旨若下，我輩俱死矣！」

建成大駭道：「何故？」

元吉道：「秦王功大謀勇，文武兼備，一有舉動，四方響應。若居洛陽，便可建天子旗號。倘若圖謀不軌，莫說大哥有事，即使父皇也要避讓。那時你我皆是砧上之肉，何以為之！」

建成道：「弟論甚是，今以何計止之？」

元吉道：「如今大哥速作密令，散播謠言說秦王一去洛陽，羣臣無不喜悅。觀其所行，必有異志。再遣近侍，向帝陳說利害。父皇自然中止此舉。諒一匹夫留在長安，何能作為！然後定計罪他，豈不容易？」

建成聽了笑道：「吾弟之言，妙極！妙極！」

唐帝此時年事而高，更兼建成等買通唐帝妃嬪，席上枕邊，日夕耳語，將唐帝一個絕好旨意，竟成冰消瓦解。還要虛誣構陷，要唐帝殺害秦王。幸唐帝尚未昏庸至此！

時值大暑，秦王絕早在後園賞蘭，只見杜如晦連同長孫無忌，急急而入。秦王驚問道：「二卿何事狼忙？」

如晦尚未開口，無忌皺眉道：「殿下可知東宮圖謀乎？刻不容緩啊！」

秦王道：「何所見而云？」

如晦道：「東宮連日招攬亡命之徒，每每三四十人。都說是關外人，投東宮去。殿下試想，他們又不

153

掌禁兵，徵集如許多人何用？」

秦王正要答話，程咬金同尉遲敬德又進來道：「天氣炎熱，人情急切，鬩牆之釁，殿下尚安然至此耶？」

秦王道：「剛才如晦也以此論語吾。但骨肉相殘，古今大惡。吾亦知禍在旦夕，然吾不欲先發，俟其先動手，然後討之，這樣罪不在我。」

敬德道：「殿下之言，恐未盡善。如殿下不用臣等之言，罔聞自輕，宗廟社稷如何？禍亂一發，我等固不願束手就戮，臣惟再竄身草澤耳！」

無忌亦道：「殿下若不從敬德之言，無忌亦相隨而去，不能侍奉殿下矣！」秦王道：「你們所言亦未必全錯，容更圖之。」

敬德道：「今晨二王將金銀一車，贈與尉遲，我已推卻。亦有一車金銀，送與咬金，咬金亦辭卻。須知他們都知我等是殿下股肱，亦敢賄賂，其謀已露，若不早圖，一敗塗地矣！」

154

秦王道：「既如此說，你同咬金火速到徐懋功處，長孫無忌及杜如晦到李靖處，把話細述，看他倆的議論如何？」眾人領命而去。

且說長孫無忌與杜如晦，星夜來到李靖處。杜如晦忙把今早之事說與李靖。

李靖道：「軍國之事，我等外廷之臣，尚可參議。至於家庭之事，秦王功高蓋世，勳滿山河。今只鬩牆小釁，自能權衡從事，何必要問外臣？煩二兄為弟婉言覆之。」

無忌、如晦再三懇求，李靖微笑不答。如晦等無奈，宿了一宵而回。

回到長安，無忌將李靖之言說了。秦王道：「前日咬金回來，述懋功之言，亦與李靖無異。」

正說話間，只見張公謹到來，見了秦王，便問道：「殿下召臣何事？」

秦王道：「建成、元吉與尹妃、張妃私通亂倫，在

後宮胡作非為，此事外臣已知。明日參朝時，即興兵問二人之罪。你鎮守玄武門，做好準備，以應突變。」

時張公謹已為都捕，鎮守玄武門，對秦王道：「殿下，事當慎密，明日早朝時，臣自有方略。」

四更時候，秦王內甲外袍，同尉遲敬德、長孫無忌、房玄齡、杜如晦等皆裹甲配劍，出門上朝。程咬金、尤俊達、連巨真等都靜集在玄武門樓外。

小卒來報，東宮有四五百人衝來。秦王卸袍披甲，執劍迎前。敬德縱馬說道：「不用主公動手！」便帶十數騎殺將過去。那些亡命之徒，怎是這些虎將敵手。不消三兩下功夫，就敗走逃竄。剛到臨湖殿，秦王一騎趕上建成。建成連發三矢皆失。秦王亦發一矢，正中建成後心。長孫無忌如飛搶上，一刀斬訖。元吉驚惶，撥馬亂跑。只見一員小將，挺槍直刺。元吉跌下馬來，秦王如飛趕上斬了。秦王看那小將，原來是秦叔寶的兒子秦懷玉。秦王吩咐眾人道：「二賊已誅，諸

公無謂妄殺。」

時唐帝泛舟湖中，聞宮外喧嘩，即召裴寂、蕭瑀上朝議事。恰秦王使敬德入宮侍衛。唐帝大驚問道：「今日亂者是誰？」

敬德道：「秦王以太子及齊王作亂，舉兵誅之。恐驚動陛下，遣臣宿衛。」

唐帝道：「二王安在？」

敬德道：「俱被秦王殄滅矣！」

唐帝拍案大哭，對裴寂道：「不料今日乃見此事！」

裴寂道：「二王無功於天下，又仇秦王功高，共議奸謀。今秦王討而誅之，陛下不必傷悲。秦王功蓋宇宙，萬眾歸心，委以國事，無復慮矣！」

唐帝道：「原是朕之夙願也！」

唐帝下詔，赦天下凶逆之罪，止於建成，元吉。其餘黨眾，一無所問。立秦王為皇太子，詔以軍國庶事，無論事之大小，悉委太子處分，然後奏聞。◎

第十九回

登凌煙閣

凌煙閣二十四功臣畫像

李世民登極後，未敢自滿，常言道：「一日萬機，一人聽斷。雖復憂勞，安能盡善。」深明下情上達，集思廣益之道。

其用人之道，推心待士，洞然不疑。甚至重用昔仇，如魏徵及尉遲敬德，試問歷代君皇，有誰能及？

玄武門之變，雖是兄弟鬩牆。但審論時勢，又能怪罪世民乎！

太宗在位二十三年，勵精圖治，開大唐盛世，垂三百載基業，史稱「貞觀之治」。世民深知憑一人之力，絕不能創此大業。除論功行賞外，還於長安太極宮三清殿之凌煙閣，繪畫了二十四名功績超卓之大臣畫像，好待他隨時緬懷。

唐人李賀有詩云：

男兒何不帶吳鈎，收取關山五十州。

請君暫上凌煙閣，若個書生萬戶候。

凌煙閣二十四功臣畫像現存故宮博物院。排名如下：長孫無忌、李孝恭、杜如晦、魏徵、房玄齡、高士廉、尉遲敬德、李靖、蕭瑀、段志玄、劉弘基、屈突通、殷嶠、柴紹、長孫順德、張亮、侯君集、張公謹、程咬金、虞世南、劉政會、唐儉、徐懋功（後賜姓李）、秦叔寶。◎

後記

《初唐演義》的誕生是非常偶然的。

平時我多在面書寫一些小品，娛人娛己。因為太喜愛金庸小説，久而久之，查先生的文筆便成為我寫作的典範。

在疫情中，百無聊賴，偶然拿起買了多時的《隋唐演義》來看。為甚麼買了這麼久都不看呢？原因就是看了一兩回，文字乾癟，故事糾纏混亂。我心想，羅貫中的《三國演義》我看過十多次，每次都看得津津有味。而羅貫中則是將元人雜劇、《三國志》和《三國志平話》，用他的生花妙筆，去蕪存菁，編織成流行後世的《三國演義》。

我雖無羅貫中的生花妙筆，但有一宏願，何不將

162

《隋唐演義》去粗取精，利用書中幾個主角，帶出忠孝仁義的儒家精神？我衷心希望，敝作能對青少年起啟迪的作用。對成年人來說，亦能令他們增廣見聞。

書中人物，我先選擇廣為人識的「風塵三俠」來引起讀者的共鳴。另外，更以膾炙人口的程咬金、秦叔寶怎樣歸入李世民麾下，奠定唐朝宏基為故事中重要的情節。

我最喜歡徐懋功這個人，尤其是他見故主的首級高掛城頭，而向李淵討回的一幕。他對李淵說：「若陛下仇枯骨而罪哭臣，將來賢者豈敢來歸！」

程咬金的憨直可愛，也頗令人發噱。

秦叔寶夜戰尉遲恭，有三國許褚裸衣戰馬超之勢。

唐三藏之出現，大有《倚天屠龍記》結局時，黃衫女子一句話「終南山後，活死人墓，神鵰俠侶，絕跡江湖」點到即止的味道。

作者志大才疏，懇望四方君子，海量汪涵。

林兆泰

2021 年 8 月 25 日

增訂版後記

友人向我查問，為何有些用典不作註解。我回答說，恐怕被人取笑是多此一舉。但深思之，能多令讀者知悉典故亦是好事，是好事便不應畏首畏尾！茲取較僻的用詞，闡釋如下：

第一回

第 7 頁

紅絲繫足，一時跨鳳：喻男女雙方有媒介而成親。

金卯：金卯是劉姓之隱語。劉字從卯金刀三字合成。此處喻劉文靜。

全賴長弓：長弓乃張姓，喻紅拂女張出塵。（按：
《虬髯客傳》只單說姓張。此書用了姓名。虬髯客亦名
仲堅。傳奇小說人物之名，不必深究。）

真龍：乃李世民。

堯天日捧：典出堯天舜日，喻堯舜在位，太平盛世。

第二回

第 15 頁

踞見賓客：踞乃席地而坐，兩腿呈八字形。

第 16 頁

東牀：東牀快婿

逆旅：旅館

第 19 頁

蒲柳之身，得傍華桐：喻以女士弱柳之軀侍奉，
有幸傍着高大的桐樹。

第三回

第 24 頁

十方世界：東南西北、東南、西南、東北、西北
及上下，稱十方。

第九回

第 72 頁

吁謨定命，遠猷辰告：典出《詩經 · 大雅》。

吁：大

謨：謀，即宏遠的策略，須於每年春日正月宣告
天下。出自《世說新語》謝安問謝玄的故事。套在李淵
教子亦無不可。

第十回

第 83 頁

大業十二年：隋煬帝的年號

166

第十三回

第 107 頁

文王囚於羑里，勾踐辱於會稽：羑（音友）里之囚，典出周文王施行德政，為紂王所忌，囚放羑里。期間周文王寫下《周易》一書。後拜姜太公為軍師滅紂。吳王夫差大敗越王勾踐於會稽。後重用范蠡、文種，臥薪嘗膽，大敗吳師。

縲紲（音累洩）之仇：粗繩捆綁之仇？

林兆泰

2022 年 11 月 10 日